Sonya
ソーニャ文庫

魔女は紳士の腕の中

山野辺りり

イースト・プレス

contents

プロローグ

「この人が、お前たちの新しいお母様だよ」

父の言葉に、クリスティナは腕の中の赤子を抱え直した。

眼前に立つ女は、赤い口紅が印象的な、華やかで美しい人だ。艶《つや》やかな髪を見事に結い上げ、物腰も上品で、父より十歳近く若いかもしれない。多くの男性を魅了するだろう艶めかしい肢体《したい》を強調するドレスは、生母なら決して選ばなかった類《たぐい》のものだ。

胸の内が、ざわりとさざめく。

「よろしくね、クリスティナ」

弧を描く唇は、普通であれば友好の証だ。しかしクリスティナは、彼女の眼がまるで笑っていないことに気がついていた。男性を虜《とりこ》にはしても、子供を懐《なつ》かせない表情。

「……よろしく、お願いいたします。お母様」

「クリスティナ、お前は利口で聞き分けがいい娘だ。これからも弟をしっかり頼むぞ。新しい母親とも上手くやりなさい」

生母が亡くなってまだ一年。たった一年しか経っていない。今クリスティナが大切に抱えている弟のテオドルを産んだ際、命を落としてしまった愛しい母親。優しくて愛情深く、控えめで穏やかな人だった。

父が選んだ新しい伴侶とは似ても似つかない。そのことがクリスティナの胸を軋《きし》ませる。

頭では、まだ三十代半ばの父にこれから先も一人で生きてゆくことを強要するのは残酷だと分かっていた。領主という立場上、妻として支える人が必要なのも理解している。それが、十一歳のクリスティナには到底できない役割であることも。

弟はたった一歳。いくら乳母がいても、行き届かないところはあるだろう。後妻を迎えるのはごく自然な流れなのだ。しかしそれでも。

まだ母を亡くした喪失感《そうしつかん》の只中にいるクリスティナにとってはあまりにも急で、父への失望を抱かせるには充分な出来事だった。動揺を悟られまいとして、精一杯笑みを浮かべる。上手くいったかどうかは不明だが、継母《ままはは》となる人は興味がなさそうにこちらを一瞥《いちべつ》しただけだった。

――私が、テオドルを守らないと……

新しい母からは、温もりや慈愛が感じられない。父に対しては違うのかもしれないけれど、少なくとも自分たち子供には、一切向けられていなかった。ならばこれからはクリスティナだけが弟を守れる存在だ。いつかこの子が領主の座を継ぐまで、立派に育ててみせる。

赤子の高い体温を抱きしめながら、クリスティナは固く心に誓った。

腕の中、無垢《むく》な表情で瞳を瞬かせる弟に微笑みかける。『大丈夫、心配しないで』と無言で告げつつも、本当は縋《すが》っていたのかもしれない。頼れる人は、ここにはいないから。

——イシュトヴァーン様……

会いたい。最後に顔を合わせたのは、もう一年も前だ。母の葬儀に駆けつけてくれたイシュトヴァーンを思い出し、クリスティナの胸は切なく締めつけられた。

母親同士が懇意《こんい》にしていたので、よく共に遊んだ四つ年上の幼馴染《おさななじみ》。神童と謳われるほど優秀で、整った顔立ちの憧《あこが》れの人。今、無性に彼に会いたい。そっと抱きしめて頭を撫《な》でてほしかった。葬儀の日、泣きじゃくるクリスティナにしてくれたように。

あの日、父は妻を亡くした衝撃に打ちのめされ、とても子供たちのことまで気が回らないようだった。半ば放っておかれたクリスティナを慰め、傍にいてくれたのはイシュトヴァーンだけ。だからこそ、余計に彼の温もりを求めてしまう。寂しくて心許ない時に寄り添ってくれた初恋の人を。

——またお手紙を書こう。でも心配をかけたくはないから、お父様の再婚も明るく伝えなくちゃ……

今は王都にいる彼に余計な面倒をかけたくない。文通を続けてくれているだけで、感謝しなくてはならないのだ。いくら母親同士が親友であっても、クリスティナはしがない田舎領主の娘でしかなく、片やイシュトヴァーンは伯爵家の令息。身分差は明らかで、全ては彼が気取らずに接してくれるから成り立つ関係だった。

文通を提案してくれたのもイシュトヴァーンから。

以来、会えない間に交わした何通もの書簡。それだけが、この一年間クリスティナを支えてくれていた。多忙で心が弱いところがある父には見せられなかった自分の不安や脆《もろ》さも、イシュトヴァーンにだけは打ち明けることができる。受け止めてくれると信じているからだ。だが甘えてばかりいるわけにはいかない。

次の手紙は、楽しい内容を心がけよう。そう心に決め、クリスティナは憂鬱な顔合わせを終えた。イシュトヴァーンからの返事を心待ちにすることで、辛い現実の中でも前を向いて生きてゆける。せめて文字のやりとりだけでも、幸福な少女でありたかった。

――あの人がいつかまた会いに来てくれる日まで……会いたいと思ってもらえるようにならなくちゃいけないわ……頑張ろう。

昨日届いた手紙には、王都での生活や最近読んで面白かった本の感想が綴《つづ》られていた。何気ない日常と、当たり障りのない話題。最後の行にクリスティナの体調を案ずる言葉が添えられていて、それこそが彼が最も気にかけてくれていることなのだと伝わってきた。

それが嬉しくもあり心苦しくもある。いつまでも手のかかる妹のように思われたくはない。

次に送る手紙はどんな書き出しにしようかとか、新しい便箋《びんせん》を使おうかとか考えていると、沈んでいた気持ちも少しは浮上してくる。弟に自然な笑みを向け、あやす余裕も生まれてきた。

いつか一人の女性として見てもらえるように、手紙の中でくらいはしっかりした淑女《しゅくじょ》だと思ってもらいたい。甘く疼《うず》く心は、間違いなく恋する乙女のものだった。

けれどその日以来――

イシュトヴァーンからの返事がクリスティナに届くことは、二度となかった。

1　魔女と契約

背中に走った激痛に、クリスティナは歯を食いしばった。悲鳴は漏《も》らさない。声を上げれば尚更継母の怒りを買ってしまうと経験上分かっているからだ。

「何度言ったら分かるのっ？　私は午前中、頭痛が酷《ひど》いの。騒ぐなといつも言っているでしょうっ！」

「ご、ごめんなさい……お母様」

クリスティナの腕の中で、すっかり怯えきった弟が謝罪の言葉を絞り出した。小さな身体はぶるぶると震え、顔色は蒼白になっている。潤《うる》んだ大きな瞳は、恐怖で小刻みに揺れていた。

「申し訳ありません。私がちゃんと言い聞かせますから……」

テオドルを固く抱きしめながら、クリスティナは鞭《むち》を持って立つ継母に深く頭を下げる。

寝起きの彼女は、薄手の夜着にガウンを羽織っただけの扇情《せんじょう》的な格好だった。

正直なところ、こんな時間まで寝ている方がどうかしている。領主の妻としてやらねばならない仕事はいくらでもあるだろう。いくら父が不在であっても、自堕落な生活は改めてほしかった。それに、弟が騒いだというのも言いがかりでしかない。

ただ、継母の寝室の前を通り過ぎただけ。庭園で摘んだ綺麗な花を、クリスティナに持ってきてくれただけのことを、大袈裟《おおげさ》に言っているだけだ。扉の前で立ち止まって話していたわけでも、ドタバタと走り回っていたわけでもない。

つまり体のいい『理由』に過ぎないのだ。

大方、昨夜の酒が残っていて虫の居所が悪いのだろう。そこへ丁度獲物が通りかかり、難癖をつけていたぶっているに過ぎない。憂さ晴らし、もしくは暇潰《ひまつぶ》しなのだ。

「お許しください、お母様。テオドルは何もしておりません」

「なぁに？　クリスティナ。その言い方は、まるで私を責めているように聞こえるわ」

「そんなつもりは……っくッ……」

振り上げた彼女の右手が、鋭く振り下ろされる。革の鞭が再びクリスティナの背中に叩き落とされた。おそらく服の下はミミズ腫《ば》れになっているだろう。もしかしたら出血しているかもしれない。無残なことになっているであろう己の身体を思い、悲しくなる。だが、まだ八歳になったばかりのテオドルを矢面《やおもて》に立たせるわけにはいかなかった。

残忍な継母は、幼子相手でも容赦はしてくれない。平気で手にした鞭を振り回すだろう。この七年間、嫌というほど眼にしてきた現実なのだ。クリスティナの心は、無駄な言い訳や抵抗をする気力など、とうに失っていた。

「本当に生意気な子！　苛々するわ！」

二度、三度と背中に痛みが走る。焼けるような激痛のせいで、クリスティナの額には汗が滲《にじ》んでいた。

「お、お姉様……」

「大丈夫よ、テオドル。お母様の言う通り、いい子にしていられるわね……？」

悪いのは弟ではないと重々承知している。それでもこの場を切り抜けるため、継母にもねらなければならない我が身が呪わしい。弟にまで理不尽な思いをさせているのが辛かったが、こうでもしなければいつ折檻《せっかん》が終わるか分からないのだ。テオドルにも暴力が及びかねない。

クリスティナは断腸《だんちょう》の思いで弟に言い聞かせた。

「ふん、もういいわ。私は寝直すから、足音一つ立てるんじゃないわよ」

従順な子供たちの様子に満足したのか、それとも単に飽きたのか、継母はつまらなそうに鼻を鳴らした後、背を向けた。すっかりこちらに興味を失ったらしく、さっさと寝室に戻り大きな音を立てて扉を閉める。取り残された姉弟は、ようやくホッと息を吐き出した。

「お姉様、僕……僕……ごめんなさい」

「シィ……静かに、テオドル。お部屋に行きましょう？」

原因となった花は継母に踏《ふ》み潰され、もはや見る影もない。それでもクリスティナは弟の気持ちがこもった花を、そっと拾い上げた。

――ああ……あの人も私のためによく花を摘んでくれた……

鞭打たれたことが原因ではない痛みが胸を刺す。

いつまでも色褪《いろあ》せてくれない思い出は、昔はクリスティナを支えてくれたのに、今では重い足枷《あしかせ》のようにも感じられた。いっそ忘れてしまいたいが、どうしてもできない。

少なくとも、自室の机に隠してあるぼろぼろのドライフラワーを処分できない内は、無理な相談なのだろう。

他人が見ればごみにしか見えないそれは、今でもクリスティナにとっては紛《まぎ》れもない宝物だ。幸せだった頃の名残《なごり》と言ってもいい。母がいて、屋敷の中は笑いが絶えなかった少女時代。まだテオドルは生まれていなかったが、その代わりイシュトヴァーンが傍にいてくれた。

未来が暗く閉ざされているなんて思いもせず、与えられる優しさや温もりに疑問さえ持っていなかったのだ。今思えば、幸せが永遠に続くと信じるなど、世間知らずだったとしか言いようがない。その象徴が彼のくれた花。器用なイシュトヴァーンは花冠を編んでくれ、クリスティナの頭の上に恭《うやうや》しくのせてくれた。

あの瞬間、自分はまるでお姫様になったかのように夢見心地になり、恋に落ちたのだ。

いつまでもあの感激を手元に残しておきたくてドライフラワーに仕立てたのは十年も前。

クリスティナは机の引き出しの奥深くに保管してある古びたドライフラワーに思いを馳《は》せそうになり、慌てて眼を閉じた。

いけない。取り戻せない過去を反芻《はんすう》しても、自分が辛くなるだけだ。

深呼吸で気持ちを切り替えたクリスティナは、弟に視線でありがとうと告げ、小さな手を握って足音を立てないよう慎重に歩き出した。

この屋敷に、女主人に虐《しいた》げられる子供たちを助けてくれる人など誰もいない。

忙しい父は我が子が酷い扱いを受けているなど考えたこともないだろう。使用人たちは継母の勘気《かんき》を被ることを恐れ、見て見ぬ振りだ。クリスティナの背中や太腿という、ドレスを着ていれば見えない場所にある傷痕について知っている者もいるが、一様に口を噤《つぐ》んでいる。

だがそれも仕方のないこと。

この田舎町において、条件のいい働き口は多くない。領主であるセープ家の使用人としての職は魅力的なのだろう。余計なことに口を挟んでその職を失いたくないと思っても、不思議はなかった。

更に外面のいい継母は、屋敷の外では理想的な母親であり妻であると思われている。仮に真実を伝えても、信じてもらえない可能性が高かった。

だから、我が身を守れるのは自分だけ。テオドルを守ってやれるのもクリスティナだけなのだ。

ズキズキと痛む背中を庇《かば》い、ゆっくり歩く。心配そうに姉を窺う弟に微笑みかけながら進む自室までの距離は、とても長く感じられた。

クリスティナとテオドルの生母が亡くなって早八年。その間にセープ家の雰囲気はすっかり変わってしまった。正確に言うなら、父が後妻のイザベラを娶ってからだ。

のんびりとした空気が漂っていた屋敷は、今ではギスギスとした緊張感に満ちている。使用人は継母の一存で入れ替わり、長く勤めてくれていた者たちは一人も残っていない。

それはつまり、姉弟の味方は誰もいないのと同義だった。

感情の波が激しいイザベラは事あるごとに声を荒らげ、鞭で子供たちを打ち据える。見えるところは巧妙に避け、父のいない時を狙ってくるから質《たち》が悪い。そんな生活が七年も続けば、強く心を保っていられる方がどうかしている。

もう何年、クリスティナは心の底から笑っていないだろう。テオドルを安心させるために無理やり口角を上げているに過ぎない笑顔は、とても歪なものかもしれない。それでもこれくらいしか弟にしてやれることはなかった。

あと数年もすれば、テオドルも学校に通える年齢になる。寄宿舎に入ってしまえばこんな地獄のような家を出て自由に生きてゆけるはずだ。それまでは絶対に守ってみせる。

クリスティナにとっては、テオドルの成長だけが希望だった。他には何も望んでいない。母の忘れ形見であるこの子を立派な大人に育て上げること。そして領主にすることが、生きる意味だ。女としての自分の幸せなど、とっくの昔に諦《あきら》めている。

「僕のせいで、ごめんなさい……お姉様……」

「いいのよ。それよりもお花をありがとう」

痛みに耐えて無理やり微笑めば、弟は悲しそうに眼を伏せた。

「僕、早く大人になります……そうすればお姉様を守ってあげられるもの」

健気なことを言うテオドルが誇らしくもあり、哀れでもある。本来なら、両親に慈《いつく》しまれ庇護されるべき年頃なのに、自分のような頼りない姉しか寄り添ってあげられないなんて、不幸としか言いようがない。申し訳なさが込み上げて、クリスティナはその場に跪《ひざまず》くと弟を抱きしめた。

「優しい子ね、テオドル。どうかそのまま変わらないで。貴方の成長だけが私の生き甲斐だから……」

普通なら華やかな娘盛りの十八歳であるにもかかわらず、クリスティナの未来は明るいものでは決してなかった。

父はまだしも、あの継母が良い縁組など用意してくれるはずもない。きっとこのまま田舎で朽《く》ち果てるか、さもなければクリスティナにとって悪条件の家へ嫁がされてしまうだろう。けれどそれまではこの世で最も大切な弟を守り抜きたい。

亡き母そっくりのテオドルを掻き抱き、頭を撫でた。柔らかな茶色の髪に優しい緑の瞳。無垢な双眸《そうぼう》に映る自分は、よく似ている。姉弟が前妻に生き写しであることも、イザベラを苛立たせる原因の一つなのかもしれない。

清楚な美女と名高かった母親は、クリスティナの記憶の中でいつも穏やかに微笑んでくれている。聡明で控えめな佇まいは、子供心に憧れの対象だった。

この二、三年でクリスティナの容姿はますます母に近づいていると自分でも思う。だから継母の仕打ちが悪化しているのだろうか。

以前は隠れてされていた虐待《ぎゃくたい》が、最近では使用人の前でも堂々と行われている。それもこれも、多忙な父が家を空けがちなのが遠因だ。仕事だから仕方ないと承知していてもクリスティナは恨めしく思ってしまい、そんな自分が嫌で、緩く頭を振った。

「……お姉様?」

「……何でもないわ、テオドル。貴方が持ってきてくれた花弁を水盤に浮かべましょうか。きっと綺麗だわ」

茎《くき》が折れてしまった花をそのまま飾るのは忍びない。姉の提案に、弟はやっと笑顔を取り戻してくれた。

「お姉様、大好きです。僕、一所懸命勉強して、お姉様を守れる立派な大人になります」

「楽しみにしているわ」

宝物の温もりに縋り、そっと眼を閉じる。痛む背中が熱を孕《はら》み、クリスティナに涙をこぼさせた。


外面はともかく、屋敷内では領主夫人としての役割をまともに果たしているとは言えないイザベラだが、司祭のもとには足繁く通っている。意外にも信心深いらしい。町の中央にはセープ家の寄付で片田舎にしては立派な教会が建っていた。

今日も継母はいそいそと教会に赴いており、その間だけが姉弟にとって気を緩めることが許される時間だった。

「お姉様、お母様に会いに行きませんか」

この場合、テオドルの言う『お母様』とはイザベラのことではない。自分たち姉弟を産んでくれた実の母親を示す。彼女が眠る墓所に行こうという誘いだった。

「ええ、そうね。行きましょう」

屋敷の中にあった肖像画や思い出の品は全て継母に捨てられてしまい、弟にとっては墓だけが生母に繋がるものだ。そのせいかテオドルは頻繁に足を運びたがる。とはいえ、イザベラがいる時は行けないので、彼女の不在時を狙って姉弟は屋敷を抜け出していた。

屋敷の裏手にあるセープ家の墓所は、きちんと手入れがされている。いくら継母でも、ここを荒らすわけにはいかなかったのだろう。

イザベラの気配がまったくない場所は、クリスティナも一番心が穏やかになれた。深く呼吸をし、周囲に生い茂る木々の匂いを胸に吸い込む。咲き誇る沢山の花は、生前母が好んだものだ。

そう言えば、あの日も花は満開だった。

――ここに来ると、どうしても思い出してしまう……

忘れたはずなのに、最後に彼と会ったのはこの場所だったと、未練がましく反芻していた。

母の葬儀の日、悲しみに暮れる父の横で俯《うつむ》くクリスティナを誰より気にかけてくれたのは初恋の人だった。

けれどあれ以来一度も会っていない。それどころか彼からの手紙も途絶えてしまった。

きっとそれが、あの人の本心なのだろう。

年下の子供の相手など、本当は煩《わずら》わしかったのだ。母親同士が懇意にしていたから可愛がってくれていただけで、実際は面倒だったのかもしれない。

彼の笑顔や優しい言葉の全てが嘘だったのかと思うと、泣きたくなるくらい悲しい。しかしこれが現実だ。

「……必ず会いに来てくれると言ったのに……」

その場限りの嘘なら、吐いてほしくなかった。いっそあの時切り捨ててくれていたら、こんなにも長い間、期待して苦しむこともなかったはず。

母親を亡くして泣きじゃくる子供に辛辣《しんらつ》なことを言えなかった彼の優しさは理解できるけれど、あまりにも残酷な偽りだと恨めしくもなる。中途半端な気遣いなど、真綿で首を絞めるのと同じだ。

クリスティナは八年前に見たきりの、イシュトヴァーンの顔を思い出していた。当時彼は十四歳。整ってはいてもまだ少年の名残がある、どちらかと言えば可愛らしい容姿だった。

淡い色味の金髪に、海を凝縮したような青の瞳。澄んでいるのにどこまでも深く、果てが見えない神秘的な色彩。誰もが魅了されずにはいられなかったと思う。

老若男女問わず、誰もがイシュトヴァーンに見惚れ、沢山の称賛を贈った。容姿だけでなく頭も良く、剣を握れば腕も立つのだから当然だ。そんな彼に可愛がられている自分がクリスティナは誇らしく、特別な女の子なのだと自惚《うぬぼ》れていた。全て勝手な思い込みに過ぎなかったのに。

この胸に巣くう失望は、イシュトヴァーンから見れば理不尽なものだろう。きっと彼はもう、田舎町で出会った年下の少女のことなど覚えてもいない。

クリスティナは自嘲《じちょう》をこぼし、暗い瞳で母の墓標《ぼひょう》を見つめた。隣に立つテオドルが子供らしからぬ溜め息を吐く。

「――お父様、早く帰ってきてくれないかなぁ……」

弟の呟きは、心の底からの願いに違いない。横暴なイザベラも父がいれば少しはマシだった。積極的に子供と関わってくれる父親ではないが、それでもテオドルにとっては頼れる大人であることに間違いない。

「……そうね。今回は領地の端にある遠い堤防の視察だから、もうしばらくはかかりそうね……」

雨期を前にして、川の護岸工事を監督するため、父が屋敷を離れてまだ三日。行き帰りの道程を考えても、あと二週間は戻らないだろう。その間の生活を思うと、無意識に陰鬱《いんうつ》な表情になってしまう。これでは弟を余計不安にさせてしまうと思い、クリスティナは無理やり笑顔を作った。

「さ、そろそろ戻りましょう。帰ったらご本を読んであげる」

「もう少し、ここにいたいです」

息苦しい屋敷へ戻りたくないテオドルの気持ちはよく分かる。クリスティナだって唯一息抜きができるこの場所から離れたくないのだ。しかし動きたがらない弟を急かすのは、いつイザベラが教会から帰ってくるかを気にしているからだった。

子供たちに欠片も興味を示さない継母だが、屋敷にいないとなればまた怒り狂うのは目に見えている。

視界に入ることを嫌うくせに、姉弟が自分の監視下にいないことも気に入らないらしい。どちらにしても折檻の理由を与えることになるわけだが、クリスティナはできる限り鞭打たれる可能性を少なくしておきたかった。

「……イザベラお母様なんて大嫌いだ。いつも僕らに冷たくて怒ってばかり。眉を吊り上げ大きく真っ赤な口をして、まるで魔女みたいだ」

「……テオドル！　そんなことを言っては駄目よ」

弟が本気で口にしたわけではないことは承知していた。しかし誰かに聞かれていないとも限らない。信頼できる人が周りにいない姉弟にとって、警戒しすぎるということはないのだ。周囲に気を配り、息を潜め、それでこれまでどうにか生きてこられたのだから。

「いいこと、テオドル？　人のことを魔女だなんて言っては駄目。もしも司祭様の耳に入れば、相手の人は捕まって、取り調べられたり罰を受けたりしてしまうのよ？　万が一疑いが晴れなかったら、処刑されることだってあり得るわ。貴方の悪口や軽口でそんな事態が訪れたら嫌でしょう？　それに、私も貴方が嘘吐きになったら悲しいわ」

魔女――神の教えに背き、悪魔と契約した者。人々を堕落に誘い、疫病《えきびょう》と災厄を振り撒く忌まわしい存在――かつては恐れられた言い伝えも、近年では次第にお伽噺の中だけに登場するものになりつつある。だがこの閉鎖的で古い考えが残る土地では、まだ恐怖の対象でもあった。

「う、うん……ごめんなさい、お姉様」

真剣に語り掛ければ、弟は素直に謝った。生来頭が良くまっすぐな気質なのだ。他者を貶める言葉を軽々しく紡ぐようになってほしくはない。

しょんぼりと肩を落としたテオドルの頭を撫で、クリスティナはもう一度「帰りましょう」と促した。

「行きましょう、テオドル」

「でも……」

渋る弟の手を引こうとした刹那《せつな》、馬車が近づいてくる音がした。途端に彼も顔色を変える。継母が帰ってきたに違いない。

「お姉様……！」

「ええ、急いで戻りましょう。テオドル、走って！」

今日の帰宅はいつもより早い。二人は大慌てで墓所と屋敷を繋ぐ小道を走り、裏口から中へ入った。どうにか誰にも見つからずにクリスティナの自室へ辿《たど》り着くことができ、揃ってホッと息を吐く。

イザベラが玄関ホールで使用人たちに早速当たり散らす勢いで何か話しているのは、身を縮めてやり過ごした。大方、出迎えが遅いとか難癖をつけているのだろう。しかし漏れ聞こえてくる会話の端々に、いつもとは違う単語が混ざっていた。それに、あまり聞き慣れない男性の声も耳に入ってくる。

「……お姉様、お客様でしょうか？」

「そうみたいね……」

珍しい。というより、主である父がいないのに男性を招き入れるなんて考えられなかった。思わずクリスティナの眉間に皺《しわ》が寄ってしまったが、不安げに見上げてくる弟に気がつき、強引に緩める。

もしかしたら客人は、継母の親族か来訪を断れない高位の身分を持つ人物かもしれない。だとすればきちんと挨拶をしないと、むしろイザベラから叱責《しっせき》を受けるのではないか。悩むクリスティナは階下の会話に耳を澄ませた。

「いいこと？　司祭様には一番いい部屋を大至急用意してちょうだい」

「そ、そんな急すぎます、奥様。……旦那様がご不在の折に」

「女主人である私の命令に逆らうの？　早くなさい！　司祭様をお待たせするつもりっ？」

てしまう。

怒鳴るイザベラの言葉で、客が司祭であることが分かった。姉弟は思わず顔を見合わせてしまう。

この町の司祭と言えば、修道会より司教区を委《ゆだ》ねられ、三年前から町の教会で暮らしているフェレプのことだ。クリスティナも遠くから顔を見たことがある。本当なら毎週教会に通うことが望ましいのだが、イザベラが屋敷から出ることを許してくれないため、ほとんど面識はなかった。

――聖職者である司祭様が、いったいうちに何の用があるのかしら……

不審に思い、ますます耳をそばだててしまう。今や姉弟は部屋の扉を細く開き、壁に張りついて様子を窺っていた。

「私に恥をかかせないで！　職を失いたくなければ、今すぐ言う通りになさい。今日からしばらく、司祭様は光栄なことに我が家に滞在してくださるのよ、感謝するべきでしょう！」

「……え」

あまりにも予想外の台詞に、思考が停止してしまった。

そんな話、聞いたことがない。世間知らずのクリスティナには分からないけれど、司祭が他家に滞在するのはよくあることなのだろうか。だがその間、教会はどうするのだろう？

クリスティナの頭に次々と疑問が浮かんだが、イザベラの怒声により掻き消されてしまった。

「何度同じことを言わせるの！　それからこの件を他言したものは、即刻屋敷から叩きだすわよ！」

クリスティナの部屋から玄関ホールは見えない。しかし階段を上がってくる気配がし、慌てて扉を閉じた。万が一覗き見していたなんて継母に知られれば、鞭で打たれる程度では済まないかもしれない。

だが扉を完全に閉じきる瞬間、ちらりと垣間見えたのはイザベラとフェレプの姿。クリスティナは遠目からしか拝見したことはないが、間違いない。

年はおそらく三十代前半。神職につきながら、妙に退廃的な空気を纏った司祭だと、以前感じた印象は相変わらずだった。

灰色の髪を後ろに撫でつけ、切れ長の瞳が冷たい光を放っている。端整とも言える顔立ち。背が高く、祭服を着ていなければ聖職者だとは思わないかもしれない。ご婦人方の熱い視線を集めているという噂も納得がいくものだった。

「……お姉様、司祭様が何故いらっしゃったのでしょう？」

「私にも、分からないわ……」

ざわざわと心がざわめく。

テオドルの問いかけに上の空で答えながら、クリスティナは嫌な予感が胸に広がってゆくのを抑えることができなかった。

理由は分からない。しかし逃げ出したい焦燥《しょうそう》に駆られる。このままではもっと悪いことになりそうだと、本能が警鐘を鳴らしていたのかもしれない。

けれどその日から、不穏な空気に反し、姉弟にとってはある意味平穏な日々が訪れた。

イザベラが二人への関心を完全に失ったからだ。ほとんど部屋から出てくることはなく、食事は別。顔を合わせなければ、詰られることも暴力を振るわれることもない。静かに暮らしてさえいれば、行動を制限されず自由にしていられる。

拍子抜けした心地でクリスティナは数日を過ごしていた。

ちなみに司祭とは顔を合わせることもなく、挨拶さえ求められず、まるでこの屋敷には娘や息子などいないものとして扱われている気分だ。

とはいえ、ここ最近テオドルは笑顔が増えて、怯えずに生き生きとしている。そんな弟を見ているとクリスティナも心が安らぐ。しかし同時に、言い知れぬ不安を払拭《ふっしょく》しきれずにいた。考え過ぎかもしれないが、長年緊張状態を強いられてきたから、簡単には気持ちを切り替えられないのだ。

ひょっとしたらこのまま全てがいい方向に進むのではないかという期待。反対に、この平和は束の間の安息でしかなく、更なる苦痛がもたらされる予兆でしかないのではないかという恐怖……それらが交互に訪れて、心が休まることがない。

司祭によってイザベラが悔い改めたとは到底思えず、クリスティナは今夜も物思いに耽っていた。

ベッドに横たわり、暗闇の中天井を見上げる。隣には愛しい弟。寂しがり屋のテオドルは一人で眠れず、いつも自分と一緒に就寝する。静かな寝息をたてて横たわる弟の頬をそっと撫で、クリスティナは眼を閉じたが、眠気は一向にやって来てくれなかった。

一日も早く父に帰ってきてほしい。しかしそうしたら、この平穏な日々は終わりを告げてしまうのだろうか。

暗がりの中、テオドルの寝息だけが耳を擽《くすぐ》るけれどいつまで経っても眼は冴えたまま。仕方なくクリスティナは身を起こし、少し夜風に当たろうと決めた。

バルコニーに出てもいいが、物音を立てれば弟を起こしてしまいかねない。それなら、夜の庭園に出てみるのもいいかもしれない。

防犯のためにセープ家の庭には夜通し明かりが灯されている。屋敷から離れなければ、真っ暗闇というわけではない。クリスティナはランプを持ち、そっと寝室を抜け出した。

静まり返った邸内は、昼間とはまるで違う場所に思える。何だかちょっとした冒険に出ているみたいだ。

そういえば幼い頃、まだクリスティナが九つくらいの時に、イシュトヴァーンと秘密の散歩に出たことがあった。当時は年に一度程の頻度で、彼とその母親がこの屋敷に数日間滞在していたのだ。

真夜中、大人たちには黙ってベッドを抜け出して、こっそりイシュトヴァーンと落ち合った。昼間に交わした約束の通り、夜にだけ咲く花を一緒に見るために。

庭園にそんな不思議な花があることも知らなかったクリスティナは、博識な彼に教えてもらい、どうしても自分の眼で確かめたくなってしまったのだ。そして一人でも見に行く！　と息巻いていたところ、イシュトヴァーンが付き合ってくれることになった。

ただし、誰かに知られれば『子供は夜眠るものです。やめなさい』と注意されるのは目に見えていたので、二人だけの秘密にしたのだ。

今でも、『仕方ないな。それじゃ、教えた者の責任として僕が付き添うよ。ただし一人で起きてこられなかったら、この話はなかったことにするよ？』と片目を瞑《つむ》ったイシュトヴァーンの姿が忘れられない。

唇の前に人差し指を立てた、まだ十三歳の彼が見せた妙に大人びた仕草に、クリスティナの胸は高鳴った。何だか悪い遊びをしているような、それでいて大人の階段を上ったような高揚感を覚え、赤くなる頬を隠すのに精一杯だった。

結局あの夜は一睡もせず、約束の時間になるのを寝た振りをしつつじっと待っていたのだ。甘酸っぱい思い出――。

ちっとも眠くなんてならなかった。むしろドキドキし過ぎて、眼は冴えるばかりだったと思う。漆黒の闇夜もまったく怖いとは感じず、意識はイシュトヴァーンと繋いだ手にばかり傾けられていた。

足音を忍ばせた階段。並んで歩いた庭園。夜風に乗って漂う花の香り。

彼にその気はなくても、クリスティナにとってはあれは間違いなく生まれて初めての逢瀬だった。気になる異性と連れ立って二人きりの時間を過ごすなんて、僅か九歳の少女にはこの上なく刺激的な体験だったのだ。

そして一緒に見た思い出の白い花。今でも脳裏に焼き付いて離れないそれは、ずっと心の中で咲き誇っている。

本当は自分がイシュトヴァーンに疎《うと》ましがられていたのだと知った今でも、それは変わらない。

軋んだ胸の痛みから眼を逸らし、クリスティナは足早に歩を進めた。

――結局私は、何だかんだとあの人を思い出してばかりいる。それに、笑ってしまうくらい、私たちの思い出は花に縁があるのね……

残念ながら季節が違うからあの花は今咲いていないけれど、丁度良かったかもしれない。夜は人を感傷的にする。あれこれ考え落ち込むことも多いから、今のクリスティナには痛みを伴う思い出へ繋がるものを見る勇気はなかった。

深呼吸で気持ちを切り替え、ランプを持ち直し、客室の前を通り過ぎる。その時。

「……っぁ」

女性の呻《うめ》き声がどこからともなく聞こえてきた。ビクリと身を竦《すく》ませたクリスティナは、咄嗟《とっさ》に周囲を見回す。しかしまっすぐ伸びた廊下は先に行くほど闇に沈み、人影など見えない。

こぼれそうになった悲鳴を噛み殺していると、再び微かに女の声が聞こえた。併せて、獣じみた息遣いとギシギシという物音も。

「……？」

真夜中の静寂にそぐわない異音。しばし音の出所を探り、クリスティナは司祭が泊まる部屋からのものだと気がついた。幽霊の類でないことに安堵しつつ、次に疑問が生じてくる。

こんな時間に何をしているのだろう。もしや、体調が悪いのではないかと心配になった。継母からは絶対に客室には近づくなと厳命されていたけれど、万が一フェレプが倒れたり魘《うな》されたりしているのなら話は別だ。早急に人を呼び診てもらわなくては。

狼狽《ろうばい》していている間にも、啜《すす》り泣きじみた声は止まらない。クリスティナは声をかけようとして息を吸い込み、そしてハッと気がついた。

――これは……お母様の声？

考えてみれば、こんな真夜中に男性であるフェレプの部屋から女性の声がするわけがない。

相談を持ち掛けるにしても、適切な時間でないことは誰の目にも明らかだ。もしも他者に見られれば、不貞を疑われても仕方がないではないか。むしろそれ以外の想像をしろと言う方が無理な話だ。

「……え」

ようやく思い至った可能性に、クリスティナは凍りついていた。扉のノブに伸ばしかけた手が、空中をさまよう。

まさか、と頭を振ろうとした瞬間、ひときわ大きな声が部屋の中から聞こえてきた。

「……アッ、ぁあぁあっ……いいわ、もっと激しくしてぇっ……」

「罪深いイザベラ。ああ、いくらでもあげよう。領主殿は美しい君を満足させてはくれないんだね」

「そうよ、……ぁッ、夫はいつも同じことばかりでつまらない男なの……はぁっ、貴方の方がずっと素敵……そこを突いてぇっ……司祭様……！　んぁああっ、堪らない……！」

劣情《れつじょう》に塗《まみ》れた淫猥《いんわい》な嬌声《きょうせい》。いくら経験のないクリスティナでも、中で何が行われているのかすぐに分かった。それほど、残酷なまでに淫らな空気が漏れ出ている。肌を打つ乾いた音。いやらしい水音と理性をなくしてまぐわう男女の声。

硬直していたクリスティナの身体が、小刻みに震え出す。どうすればいいのか分からず瞬きも忘れていた。

立ち去ることもできないまま時間だけが過ぎてゆく。後退るべき両足は、床に根が生えたように動かなくなってしまった。

何も、聞きたくない。きっとこれは悪い夢だ。クリスティナは、耳を塞《ふさ》ごうとして両手を持ち上げた。その時、持っていることをすっかり失念していたランプが指先から滑り落ちる。

「……あ！」

咄嗟に握り直し床に落下することは防げたが、出してしまった声は元に戻らない。ハッと我に返れば、室内から恐ろしいほどの静寂が伝わってきた。

――逃げなきゃ……！

でもどこへ？　とにかく立ち聞きしていたのが自分だと知られなければいい。いや、身を隠してしまえば誰もいなかったのだと思ってもらえるかもしれない。どちらにしても早急にこの場を離れるべきだ。それも、物音を立てないで。

クリスティナは瞬時に色々なことを考えたが、心と身体が上手く連動してくれなかった。相変わらず動かない足は、床に張りついている。汗で滑るランプを持ち直し、無様に立ち尽くすだけ。

眼前でゆっくり扉が開く。

薄暗い室内から現れたのは、柳眉《りゅうび》を逆立てたイザベラだった。

「……ここで、何をしているの」

「お、母様……」

クリスティナの乾いた喉は、一言発するのが限界だった。後はもう、何も言葉が出てこない。

裸の身体に透ける素材の羽織を纏っただけの彼女は、酷く淫靡《いんび》に赤い唇を蠢《うごめ》かせた。上気した頬や汗で張りついた髪が、何をしていたのかを雄弁に物語っている。濃厚に香る情交の匂いがクリスティナに吐き気を催させた。

「見られてしまったか。厄介だな」

室内では、全裸のままフェレプがベッドに腰かけ、うっそりと笑っていた。その表情には、聖職者としての面影は微塵《みじん》もない。

「わ、私は、何も……!」

見え透いた嘘を吐き、首を左右に振る。しかしそんなクリスティナの抵抗も、腕を摑まれ客室に引き摺りこまれたことで無駄に終わった。

背後で、重々しく扉が閉まる。絶望的に響くその音は、クリスティナが外界と遮断された証でもあった。

「知られたからには、放っておけないわ」

「何も！　何も知りません！」

継母から感じる圧力が普段より増した気がして、恐怖に震えた。これまで受けた暴力の数々がよみがえり、クリスティナの心が竦みあがる。冗談や比喩《ひゆ》ではなく、『殺される』と直感していた。

「そんなあからさまな嘘が通じると思っているの？」

イザベラに強く突き飛ばされて、クリスティナは床にくずおれた。すっかり膝が笑ってしまい、両足に力が入らない。眩暈《めまい》にも襲われ、立ちあがる気力など失われていた。

「正直に言いなさい、クリスティナ。そうすれば見逃してあげなくもないわ」

甘い言葉が唯一の希望に感じられ、クリスティナは弾かれたように顔を上げた。見下ろしてくる継母の瞳からは冷ややかさしか感じられない。自分の命運を握られているのだと、悟らずにはいられなかった。

「……お父様を、裏切ったのですか……？」

ピクリとイザベラの口元が動く。直後、彼女は腹を抱えて笑い出した。

「アハハハッ！　裏切るも何も、あんな男にこの私が嫁いであげただけでも感謝してもらいたいくらいなのに！　父娘揃ってなんて身の程知らずなの！」

侮蔑《ぶべつ》を撒き散らし、イザベラは豊満な肢体をくねらせた。

「美しい私を欲しがる男など、他にいくらでもいるのよ。でもあの人が一番私に贅沢《ぜいたく》をさせてくれると誓ったの。なのにこんな田舎町に閉じ込められて、もううんざり！　適当に息抜きでもしなきゃ、やってられないわ」

いつの間に立ちあがっていたのかガウンを羽織ったフェレプが、半裸のまましなだれかかる彼女の腰を抱く。背徳的な光景にクリスティナは呆然とするしかなかった。

これまで、イザベラをいい母親だと思ったことは一度もない。しかし父にとっては大事な伴侶なのだと思い、耐えてきたのだ。それなのに父を裏切った上、平然としている姿に愕然《がくぜん》とした。しかも相手は妻帯《さいたい》を禁じられている司祭なのだ。

二重三重の罪を見せつけられ、クリスティナの混乱は極致《きょくち》に達した。

「……酷い……」

非道な人であっても、父を愛して支えてくれているのだと信じていたからこそ、ギリギリ封じていられた非難の言葉。だが最後の砦《とりで》を失って、クリスティナの口からこぼれ落ちてしまった。

「何、その眼は？　本当に生意気で可愛げのない子ね。私は最初からあんたのことが気に入らないのよ」

「きゃっ……」

頬を打たれ、クリスティナの口の中に血の味が広がった。いつもは手が痛くなるからと鞭などの道具を使うのに、今夜のイザベラはそれだけ立腹しているらしい。けれど峻烈《しゅんれつ》な痛みが、クリスティナを正気に戻してもくれた。

こんな女に負けたくない。家族を守れるのは、自分だけだ。

震えていた四肢に力がこもり、七年の間にすっかり失われたと思っていた反抗心が頭をもたげた。

「――誰にも、話しません。だからどうか、こんな関係は解消してください。か、神に背く行為ではありませんか。今ならまだ引き返せるのではありませんか……っ？」

とにかくこの場から逃げ出さなければ、話にならない。時間を稼いで誰かに助けを求めるつもりだった。使用人たちは皆イザベラの味方だから信用できないけれど、領民ならきっとクリスティナに救いの手を差し伸べてくれる。父が帰って来るまで逃げられれば……。

「テオドルがどうなってもいいのかしら？」

「……え……？」

継母の口から紡ぎ出された弟の名前に、クリスティナの頭は真っ白になった。鼓舞《こぶ》したはずの気持ちも、みるみる萎れてゆく。

愛しい弟を置いては逃げられない。だが連れて行くのも現実的ではなかった。自分一人でさえこの窮地《きゅうち》を脱せられるかどうか自信がないのに、幼いあの子を連れていては、到底無理だ。

「テオドルには何もしないでください……っ！　弟は関係ないでしょうっ？」

「関係はあるわ。私はあの子の母親だもの。ありもしない不貞の罪を騒ぎ立てる害虫を、遠ざけなければならないでしょう？」

言外に『クリスティナが見たものは全て幻だ』と宣言され、二の句が継げなかった。今夜のことを全部、妄想や幻覚の類だと言い切るつもりなのか。

それならそれでも構わない。クリスティナとしても穏便に事を運べるのなら、願ったり叶ったりだ。大騒ぎして父が恥をかいたり、誰かが罰を受けたりするのを望んでいるわけではない。一番いいのは、イザベラがこの家から去ってくれること。または密通を悔い改めてくれることだ。しかし己の処遇について楽観視できるほど、クリスティナは愚かではなかった。

傲然《ごうぜん》と顎《あご》をそびやかした継母が、黒髪を掻き上げる。そしてこんな時でさえ紅で彩られた艶やかな唇が弧を描いた。

「可哀想に……クリスティナ・セープは魔女に堕ち、虚言《きょげん》を弄《ろう》し母親を無実の罪に陥れようとして司祭様に捕われるのよ」

「……っ!?」

「おやおや、イザベラ。貴女は本当に怖い女だ。私まで駒《こま》として使うつもりか……まぁ、見られたからには私も神に仕える身として放置できないな。こんなことが知られれば、地位を失いかねないからね」

悪辣《あくらつ》な表情で嘲笑《あざわら》う姿に、聖職者としての矜持《きょうじ》など見つけられなかった。クリスティナはこちらを見下ろしてくる二人を見上げることしかできず、視線を往復させる。

この人たちは、いったい何を言っているのだろう。罪をあがなうべきは自分たちなのに、さもクリスティナが悪いかの如く語っている。被害者は、自分だ。なのに何故、干上がった喉はまともに動いてくれないのか。

「お、おかしなことを言わないで……っ、私は嘘なんて吐いていません……！」

「あら、まだ妄言を吐くのね。すっかり悪魔に魅入られてしまったみたい。母親に対してこの口のききよう、まともな人間ならあり得ないもの」

こんな時だけ母親面をする彼女の方こそ、化け物だとしか思えなかった。

「そ、そんな馬鹿げた作り話なんて、誰も信じたりしないわ……！」

「集団心理を理解していないの？　人は何か悪いことが起こると、誰かに責任を取らせたくなるものなのよ。今年は農作物の出来が悪いんですってね？　それに去年もその前の年も川が氾濫《はんらん》しているわ。疫病も流行っている。愚かな人々はそろそろ不満が溜まっている頃ではないかしら？　ここで生贄《いけにえ》の子羊を投げ入れたら、さぞや盛り上がってくれるでしょうねえ」

近年、司法の変革や、合理主義的思想の浸透、それに科学の進歩によって、魔女の存在については懐疑《かいぎ》的な意見が広まりつつある。

しかしそれはあくまでも教養ある階層の人々の間でのこと。まだまだ王都から遠く離れた地方や、一般民衆の間では恐ろしい存在として認識されている。――ここ、セープ家が治める領地も同じだ。

「そんな、私は魔女じゃないわ……！」

「残念だけど、司祭の私と君とでは、どちらの言葉に信憑性《しんぴょう》があると思う？」

イザベラの腰を抱いたフェレプが冷酷に言い捨てた。クリスティナが答えに詰まってしまったのは、考えるまでもなかったからだ。地方領主の年若い娘と尊敬を集める司祭とでは、どちらが信じてもらえるかなど知れている。誰だって、後者を選ぶだろう。

他の誰でもなく神職にある彼に告発されるということは、『魔女』の烙印《らくいん》を押されることに他ならなかった。おそらく今後、クリスティナが何を言っても『魔女の戯《ざ》れ言』として相手にしてもらえない。行き止まりに追い詰められたことを、ようやく悟った。

「嫌……私、本当に誰にも言いません。口を噤めとおっしゃるなら、永遠に今夜のことを誰にも明かしたりしませんから！」

もしも自分が魔女だと認定されれば、きっとテオドルも無事では済むまい。少なくとも領民からは白眼視されるのではないか。生まれてからずっと、姉にべったりな子なのだ。

影響を受けていると言われかねないし、万が一そんな事態になったらと想像するだけで酷い眩暈に襲われた。

守りたい宝物を、自らが傷つける。悪夢のような未来に、クリスティナの両眼からは涙が溢れた。

「そんなことを言って、どうせ父親に私と別れろと進言するつもりでしょう?」

「しませんっ、絶対に!」

この際、父に関しては後回しにする。領主として大人として、自力で解決してもらおうと思った。

本音では、母の死後僅か一年でイザベラのような酷い女性を後妻として迎えた彼に、わだかまりを抱いていたせいもある。それくらい自分で何とかしてくれと意地の悪い思いがあったことは否定しない。

だが、一番は弟のテオドルを守りたいが故だ。むしろクリスティナは、それ以外の何もかもを捨ててもいいとさえ思っていた。だから浅ましくも罪人の前に平伏して許しを乞う。どれほど屈辱的であっても、弟のためなら平気だった。

「口約束なんて信じるわけがないでしょう」

「誓いを立てろと言うのなら、致しますから……!」

イザベラの靴を舐めることだって厭《いと》わない。今後一生、首環を嵌《は》められるような生活を強いられても、テオドルを守れるなら本望だった。継母と司祭の姦淫《かんいん》の罪だって喜んで見逃そう。

クリスティナが泣きじゃくりながら床に頭を擦りつけて懇願すれば、心底おかしくて堪らないといった嘲笑《ちょうしょう》が落とされた。

「ふ、あははっ、なんてみっともないの。ほら見て、フェレプ。この子ったらいつもは従順な振りをしていても瞳の奥で私を馬鹿にしていたのよ？　本当に生意気で可愛げがない子なの。それがどう？　這い蹲《つくば》って惨めったらしいったらありゃしない。ああ、気分がいいわ！」

「イザベラ、あまり大きな声で笑うと、使用人たちに聞こえてしまうよ」

「大丈夫よ。仮に聞かれても、私に逆らう者なんて誰もいないわ」

――逃げられない。

心が折れる音が、確かに聞こえた。抑圧され続けたクリスティナの精神はすっかり疲弊し、考える力が奪われてしまっていた。継母には逆らってはいけないと長年叩きこまれ、気持ちが屈服してしまったのだ。

光を失った双眸で彼女を見上げると、イザベラはニィと口の両端を吊り上げた。

「でも私も悪魔じゃないわ。最後の機会をあげる。賭《か》けをしましょう、クリスティナ」

「賭け……？」

絶対的有利な彼女から持ち掛けられた話が、クリスティナにとって美味しいものであるはずはなかった。おそらくは獲物をいたぶる時間を引き延ばすものでしかないだろう。これまで加えられたイザベラからの折檻と同じで、ただの暇潰しの一環だ。

しかしそれでも、今のクリスティナには救いの手のように感じられた。最後に残された希望の糸に縋らずにいられる人間などいるわけがない。

「ええ、そうよ。今夜から一か月、貴女が沈黙を貫き通せたら、『誰にも言わない』という言葉を信じてあげてもいいわ。もしも約束を守れたら、魔女の疑惑を晴らして無罪放免にしてあげる。ただし破れば——分かっているわね？」

「……つまり、口をきくな、という意味ですか……？」

ひと月口を閉ざすことができれば、誓いを信用してもらえるのか。だったらこの提案に飛びつかない理由はなかった。

「少し違うわね。意思の疎通《そつう》を禁じると言った方が正確かしら？」

罠にかかった獲物の足掻《あが》きを楽しむような眼で見下ろされ、クリスティナは息を乱した。イザベラは長く伸ばした爪を弄《いじ》りながら、焦《じ》らすように言葉を切る。先を促したがっているこちらの反応を、堪能しているのかもしれない。たっぷりと間を取って、ようやく口を開いた。

「他人とのやりとりを禁止するわ。会話は勿論、筆談も駄目よ。だから誰かに助けを求めようとは思わないことね」

「しません！　おっしゃる通り一か月間誰とも意思を通わせなければ、私を信じてくださるのですよね？」

「ええ約束は守ってあげる。ただしひと月の間は牢に入ってもらうわ。逃亡されたり、私たちの目を盗まれたりしたら、たまったもんじゃないもの」

ひと月、牢獄に繋がれるのは恐ろしかったが、逆に考えれば牢には滅多に人は訪れないだろう。言葉を漏らしてしまう可能性は低くなる。だったら好都合だとも言えた。

誰とも意思の疎通ができない生活は想像もつかないけれど、これしか弟を助ける道がないのなら、クリスティナは喜んで身を投じる。大きく頷き、イザベラとしっかり眼を合わせた。

「やります」

「交渉成立ね。それじゃ、早速――」

「でも、一つだけ条件を変えていただけませんか？」

「……呆れた。自分が何か要求できる立場だと思っているのかしら」

クリスティナの必死な形相を、彼女は冷然と見下ろした。

下手をすれば、イザベラの機嫌を損ねてしまうかもしれない。しかしこれだけは明確にしておかないと、仮にひと月沈黙の誓いを遵守したところで、後からどんな難癖をつけられるか分からないと感じたのだ。

「あの……最低限の身振り手振りは許していただけませんか？　だって、もしも体調が悪くなった場合、寝込んで呻いているのを意思を伝えようとしたのだと捉えられたら、困ります。だからどうか、余地を残してください」

他にもちょっとした動作で揚げ足を取られてはかなわない。いくら分が悪い取引であっても、クリスティナは負けるわけにはいかないのだ。

「……小賢《こざか》しい子。本当にこういうところが腹立たしいのよ。――でもまぁ、良いわ。それくらいは大目に見てあげる。ただし、私と司祭様の関係について『嘘』を伝えるようなことはしないこと。呻きに関しても『言葉』でなければ許容してあげるわ。悲鳴もね。地下牢は、鼠《ねずみ》や虫が沢山出るらしいから、精々単語を叫ばないよう気をつけなさいな。きちんと見張られていることを忘れては駄目よ」

イザベラの言う牢とは、教会の地下に秘密裏に造られたものだ。魔女狩りの嵐がもっと激しく吹き荒れていた時代、当時のセープ家当主が命じて設けられたものらしい。

おそらく疑惑をかけられた何人もの人間がそこに繋がれ、辛酸《しんさん》を舐めたのだろう。

陰鬱な牢獄を思わず想像してしまったクリスティナは、再び震え出した身体を自分の手で抱きしめた。

「……約束は、絶対に守ってくださいね」

「しつこい子ね。そっちこそ違えたらどうなるか、分かっているんでしょうね？」

その場合は、間違いなく殺される。それも魔女として。弁明一つ許されず、火あぶりか絞首刑に処されるのかもしれない。その後、テオドルはどうなってしまうのか。

「弟のこともっ……あまり辛く当たらないでください……！　どうかお願いします」

「人を残忍な人間のように言わないでくれる？　貴女が私の言う通りにしていれば、あの子の安全も保証してあげるわよ」

つまりは、クリスティナがイザベラの意に沿わないことをしでかせば、弟にも害が及ぶという宣告だ。ますます恐怖に縛られたクリスティナは、もはや継母の従順な下僕となっていた。

額《ぬか》づいたまま、怯えを宿した瞳で床を凝視する。それでもまだ、諦めない。一筋の光明は残されていた。

――必ず、やり遂げてみせる。あの子のために。

母が残してくれた最後の希望。今のクリスティナにとって世界はテオドルだけなのだ。

彼を守るために固く心に誓う。

――これより先、一か月間。私は誰とも喋らない。

口を閉ざし、文字での交流も一切断つ。

あまりにも絶望的な戦いは、始まったばかりだった。

2　魔女に再会

光が差し込まない暗がりの中、クリスティナはあちこち軋む身体を起こした。

壊れかけたランプに火を灯す。油が残り少ない。補給されない場合に備え、大切に使うため、限界まで光量を絞った。

小さなベッドは硬く、掛布は粗末な毛布が一枚だけ。ジメジメとした地下は気温が低く、寒くて仕方なかった。不衛生で陰鬱な空間に、溜め息ばかりが大きく響く。

教会の地下にある牢獄に囚われて一週間。

クリスティナは時間の感覚がすっかり狂っていた。窓がなく、朝日が昇ったかどうかは勿論、天候を知る術もないからだ。

ここを訪れるのは、日に二回食事を運んでくる見張りの男だけ。あとは初日にクリスティナを牢の中へ叩きこんだイザベラとフェレプだけだった。だが二人はあれ以来一度も顔を見せていない。

――外は今、どうなっているのかしら……

テオドルは泣いていないだろうか。

何も説明せず姉がいなくなり、心が不安定になっているかもしれない。現在クリスティナは、自分の意思で屋敷を空けていることになっていた。しばらく教会で奉仕活動に精を出すのだと手紙を残し姿を消した形だ。

当然、全ては継母の指示だ。逆らうことは許されず、クリスティナは言われるがまま命じられた文面を認めた。

そうして一週間。牢獄で過ごす日々は、お世辞にも快適とは言えなかった。正直なところ、たった一日で音を上げそうになったと言っても過言ではない。今までの自分の生活が、いかに恵まれたものであったかが身に沁みて分かった。

けれど何より辛いのは、外界と遮断された孤独感かもしれない。何も情報が得られないというのが、これほど不安を掻き立てるものとは知らなかった。

別にこれまでもクリスティナは情報通などではなかったが、『知ろうとしない』ことと『知らされない』ことはまったく別物なのだと実感する。

これがあと三週間は続くのだ。考えるだけで気が遠くなる。そもそもイザベラはちゃんと約束を守ってくれるのか……不安になりかけ、クリスティナは頭を左右に振った。

余計なことを考えてはいけない。弱気になれば、どうしたって誰かと話をしたくなってしまう。見張りの男に話しかけたくなる気持ちを戒め、ぐっと拳を握り締めた。

今自分にできるのは、信じることしかない。

ひと月耐え忍べば、全ては上手くいく。弟はきっと跡継ぎ息子として大切に扱われているはずだ。――そう信じ込むことで、クリスティナはギリギリ精神の均衡を保っていた。

虜囚の身に風呂など望めない。二日前気まぐれに投げ込まれた服に一度着替えただけだ。洗濯もできないから何となく気持ちが悪くて、クリスティナは水に浸した布で身体を拭《ぬぐ》った。

できる限り清潔を心がけてはいるけれど、髪を洗えないから心なしか自分が臭い気もする。若い乙女には、貧相な食事よりもこちらの方が随分堪えた。涙ぐみそうになるのを我慢して、心を強く持とうと己を励ましても、暗く沈む思考に歯止めはかけられなかった。

――でも、途中で諦めることはできない。

イザベラたちはきっと、クリスティナにやり遂げられると思っていないに違いない。どうせ途中で約束を破り、泣きついてくるだろうと侮《あなど》っているのだ。けれど自分だけではなく弟の命がかかっているとなれば、投げ出すことなど考えられなかった。

――たとえ泥水を啜ってでも、私は生き延びる。

それにあと一週間もすれば、父が視察から帰ってくる。いくら子供たちとあまり関わらない人であっても、娘が姿をまったく見せないとなれば、多少は心配してくれるのではないか。教会に様子を見に来てくれるのではないかと、淡い期待を抱いていた。

――いくら司祭様でも、領主であるお父様を無下には扱えないはずだわ。……だけど、お父様にも見捨てられたら、どうすればいいの……

今が何時なのかも分からない閉鎖空間で一人孤独を噛み締めていると、思考はどんどん狭まり硬化してゆく。こんなところで長く過ごせば、本当に魔女になってしまいそうだ。

最初は嫌悪しか抱けなかった鼠や虫たちも、今ではクリスティナを慰めてくれる大切な友達に変わっていた。

話すことはできないけれど、食事を分け与えてやれば、少しだけ仲良くなれた気がする。変化のない牢の中では、それだけでも充分救いになった。

そして特に何もすることがないと、どうしてもイシュトヴァーンを思い出してしまう。普段でさえ考えまいとしても、ふとした瞬間に鮮やかな記憶が繰り返しよみがえってしまう人。己と向き合う以外何もできない牢獄では、クリスティナの頭の中は次第に彼で埋め尽くされていった。

――『ティナ、怖いなら、無理をしなくてもいいよ？』

綺麗な花に虫はつきもので、美しく咲かせるためにはこまめに駆除《くじょ》してやらねばならない。頭では分かっていていても、幼いクリスティナには得体の知れない虫はとても恐ろしいものだった。だからイシュトヴァーンが慣れた手つきで害虫の処理をするのは、何だかとても格好良く見えたのだ。

『大切な花ほど、その分時間と愛情をかけなければいけないんだよ。虫も生きているから可哀想だけど、仕方ない』

そう言って、手際良く処理する姿は、とても頼もしく感じられた。彼の立場であれば庭師に指示するだけでも良かったのに、自ら手を下す姿勢が誠実だと思えたからだ。イシュトヴァーンは、身分を笠に着るような人ではなかった。

会いたい。望むことさえおこがましいのに、願わずにはいられない。

もう何度、彼の夢を見ただろう。目覚める度に悲しくなり、暗闇の中で幻影を探してしまう。あの人が会いに来てくれるなど絶対にあり得ないにもかかわらず。

自分の未練がましさに自嘲して、クリスティナはベッドの上で壁に寄りかかって座った。力なく眼を閉じ、最後に見たイシュトヴァーンの姿を思い描く。

母の葬儀の際、ずっと寄り添い背中を撫でてくれた大きな手。きっと今ではもっと男らしく大人になっているだろう。沢山の女性が放っておかないに決まっている。風の噂では、王太子から厚い信頼を寄せられ、将来有望な出世株だとか。

年齢的にそろそろ結婚の話が出ていてもおかしくはない。

我が身との落差に、クリスティナは『隣に立つ花嫁が自分であったら』という妄想さえできなかった。

むしろ今は、会いたいけれど到底会えない。こんなに薄汚くなり、魔女の疑惑をかけられている姿を見られたくないからだ。

――もっとも、今お会いしてもイシュトヴァーン様は私だと気がついてくれないかもしれないわね……。

それ以前に覚えていない可能性だってある。

自分で考えて悲しくなり、クリスティナは閉じていた瞼《まぶた》をそっと押し上げた。その時。

「――……クリスティナ？」

暗闇に慣れきった視界には、淡い光源でも眩《まぶ》しく感じられる。久方振りに呼ばれた名は、どこか甘い響きを伴っていた。

鉄格子の向こう側から声をかけてきた人物は男性だろうか。光が眩しくてこちらからは顔が見えない。けれど、いつも食事を運んでくる男とは別人な気がした。まず体形が違う。

あの男はどちらかというと小柄で、背を丸めて歩く癖がある。しかし今眼の前に立っているのは、影だけを見ても非常に手足が長く身長が高いと分かる、引き締まった体軀をした姿勢のいい男だ。そもそもこれまで、世話役の男は一度もクリスティナに呼び掛けてきたことなどない。

――誰？

手で庇《ひさし》を作りながら、首を傾げた。フェレプでもない。彼はこんなに優しく、しかも切実さを孕んだ真剣な声でクリスティナの名前を口にしたりはしない。

牢内を照らそうとしているのか、檻の間からランプを中に突き入れ、男性はこちらを覗き込もうとしていた。

「クリスティナなのか？　返事をしてくれ！」

正体の知れない人物の来訪に恐怖が募《つの》り、クリスティナはベッドの上で身を縮める。敵か味方か判断できない限り、不用意に動きたくなかった。そもそも声に出して答えることはできないのだ。

――まさか、お母様と司祭様の罠？　助けが来たと勘違いさせ、私に声を上げさせるための……

だとしたら、尚更反応など返せない。

警戒心を漲《みなぎ》らせ、クリスティナは壁に身体をめり込ませる勢いでランプから距離を取ろうとした。だがそんな態度に焦れたのか、男性が鉄格子を摑んで声を張り上げる。

「何故、何も言ってくれないんだ……っ？」

名前を問うことはできず、さりとて彼に近づくことも躊躇《ためら》われ、どうすればいいのか分からない。結局は唇を引き結び、身を強張らせるだけ。ジメジメした地下の空気を、男の声が震わせた。

取り出した。

一向に声を発しないクリスティナを案じたのか、男に焦りが滲む。悪い人ではないのかもしれない。少なくとも演技には思えない気配を漂わせながら、彼は慌ただしく鍵の束を取り出した。

──牢を開けてくれるの……？　でもいったい、何故？

見張り役が替わったのか。混乱の只中にあるクリスティナは、男が檻を解錠し、中に入ってくるのを呆然と見つめていた。

二人を隔てていた鉄の柵《さく》がなくなり距離が縮まれば、圧迫感が増す。狭い空間の中、正体の知れない異性と二人きりになった息苦しさもあり、クリスティナは余計に身体を縮こませることしかできなかった。

掲げられたランプに闇が取り払われ、眩しさのために背けた横顔へ注がれる、焦げつきそうな熱い視線。眼を閉じていても、はっきりと伝わってくる。

永遠にも感じられた長い時間は、本当は数回呼吸する程度の短いものだった。

淀んだ空気の中、男の気配が濃厚になる。すぐ近くまで迫られていることが分かり、クリスティナは尚更固く瞼を伏せた。

「……やっと見つけた。どうしてこんなことにっ……」

──私を知っている人？

捜してくれていたのなら、助けてくれるつもりかもしれない。けれどまだ油断はできない。

とりあえず今すぐ危害を加えられはしないと判断し、クリスティナは恐る恐る睫毛《まつげ》を震わせた。顔を彼の方に向け、暗がりに慣れた瞳を瞬く。そこには、思わずハッと息を呑むほど整った容貌の男性がいた。

半ばベッドに身を乗り上げて、クリスティナの顔を凝視してくる彼は、淡い色味の金髪に海を凝縮したような青い瞳を持っている。通った鼻筋に、聡明さと意志の強さを感じさせる眉。薄く形のいい唇は引き結ばれ、微かに震えていた。

皺一つない品のいい服装からは、かなり裕福な家の出身であることが窺える。こんな田舎町では滅多にお目にかからない高位貴族の装いだった。

「……っ」

ドクリと、クリスティナの鼓動が跳ねる。彼の容姿に見惚れていたからではない。男の顔に、見覚えがあったからだ。

しかし正確に言えば少し違う。『今の』彼とは初対面だ。こんなにも美しく印象的な大人の男性を、クリスティナは知らない。記憶にある姿はもっと線が細く、身長もこれほど高くはなく、青年になる前の繊細さを留めていた頃までのものだった。

あの頃の面影はある。だが猛々しいほどに『男性』らしさを発する彼に、頭の中は真っ白になっていた。

「……、っ」

クリスティナは思わず名前を呼びそうになり、慌てて口を噤んだ。あともう少しで約束を破ってしまいそうなほど動揺し、心がめちゃくちゃに乱れている。

イシュトヴァーン・ファルカシュ。

誰よりも会いたくて、最も会いたくない人。

何故、こんな時に彼が現れるのか。再会の場として、あまりにも相応しくない牢獄の中、クリスティナは懸命に冷静さを取り戻そうと試みた。

ずっと闇の中に閉じ込められていたせいで、夢と現実の境が曖昧になってしまったのかもしれない。長年捨てられなかった妄執が見せる幻想に迷い込んだとも考えられる。どちらにしても、イシュトヴァーンがこんなところに来るはずはないのだ。常識的に考えれば、自分は今正気を失いかけているのだろう。

クリスティナは両手で口を塞ぎ、首をふるふると左右に振る。早く目覚めなくてはと思いつつ、幻影であっても彼と出会えたことが嬉しかった。

昔と変わらず麗しいイシュトヴァーンは、年齢を重ね更に魅力的になっている。己の想像力も捨てたものではない。空想だけでここまで作り上げられるなんて、いったい自分はどれだけ彼に心を奪われているのか。

自嘲を刷いた唇はきっと歪んでいただろう。イシュトヴァーンの眉が顰《ひそ》められるのを、じっと見つめた。

「クリスティナ……？」

夢にしては妙にはっきり響く声が鼓膜を揺らす。彼の吐き出す呼気がクリスティナの前髪をそよがせ、その僅かな刺激と、いつの間にか摑まれていた腕から伝わる熱が、幻だと思い込んでいた世界にひびを入れた。

――夢、じゃない……？

停滞していた空気がざわめいている。薄汚れた牢内を照らすランプの明かりが、男の姿をしっかりと浮かび上がらせた。炎のせいで陰影が不規則に揺らめき、夢と現《うつつ》を曖昧にしてゆく。

それでも、これはクリスティナが作り出した幻覚などではない。

「……！」

「まさか僕のことを忘れてしまったのか？　この七年の間にいったい何があったんだ……とにかく、ここから出よう」

抱き上げられそうになり、クリスティナは慌てて身を捩《よじ》った。

疑問符だらけになった頭では、何が起こっているのかまったく分からない。『どうして』『何故』という言葉だけがぐるぐると渦巻いていた。何より、まともに身体を洗っていない状態で、イシュトヴァーンと密着など絶対にしたくなかった。

「……クリスティナ……？」

「ああ、勝手なことをされては困りますよ、イシュトヴァーン様。ここにはここのやり方や掟があるのです。それらを蔑《ないがし》ろにすると、余計な混乱を招きます」

牢の外からかけられた声にクリスティナが眼をやれば、そこには黒衣に身を包んだフェレプが立っていた。ランプの光もほとんど届かず、まるで闇と同化している。一週間振りに会った司祭は、悠然と長い前髪を掻き上げた。

「――どういうことか、説明してもらいましょう。彼女は領主の娘だ。不当な扱いは、許されない」

「ですから、それは先ほど申し上げたでしょう。クリスティナは魔女として告発されました。疑いを晴らすために、こうして教会の地下に拘束しているのです。本当に悪魔と契約していれば、聖なる場所に長くいられるはずはありませんからね。ここで過ごすことこそ、彼女の無実を証明することになるのですよ」

大いなる詭弁《きべん》に反論しようにも、クリスティナの喉から言葉は溢れてくれなかった。まだ、この事態がどういうことなのか呑みこめていないからだ。

万が一、イシュトヴァーンの登場が仕組まれたことであったら。今ここで何か言ってしまえば一巻の終わりになる。

まんまとクリスティナを罠に嵌め、ほくそ笑むイザベラの姿が想像できた。そうなればテオドルはどうなる？　数は少ないけれど、子供や男性が魔女として告発された例もないわけではない。もしも、と考えると声を出すことは躊躇われ、勇気が出なかった。

「こうしているのは、私の恩情でもあるのですよ。まだ町の人々にクリスティナが魔女の可能性があると公表はしていません。きちんと取り調べをしなければ、罪のない者を裁くことになってしまいますからね……」

違う。時間を稼いで、司祭たちは自分らに不都合な証拠を隠滅しているだけだ。もしくはこの状況を楽しんでいるのだろう。クリスティナを虐げ、いたぶる喜びに打ち震えているのかもしれない。

フェレプの表情は影に沈んでまったく見えなかったけれど、クリスティナには司祭の顔が醜悪に歪んでいることがありありと分かった。

どこからどこまでが茶番なのか。彼らの掌《てのひら》で踊らされるクリスティナには判断できない。けれどこの場にイシュトヴァーンがいる不自然さは理解できる。だからこそ、今は口を閉ざすことしか選択できなかった。

「馬鹿馬鹿しい。この時代に魔女だなんて、非現実的だ。王都では、懐疑的な意見が多数を占めています。自白に頼った判断など、信憑性はありません」

「それは王都に住む支配者層の考え方だ。地方ではまだまだ人々は闇を恐れ、その心の隙間に魔女や悪魔が忍び寄るのですよ」

「だとしても、こんな場所に閉じ込めるなんて、人権侵害も甚《はなは》だしい」

「いいのですか？　仮にクリスティナを外に出し、魔女だと噂が広まれば義憤《ぎふん》と恐怖に駆られた民衆に私刑を受けかねませんよ？　これでも私は彼女を守っているのです」

言い争う二人の男の話は、平行線だった。手を組んでクリスティナを騙《だま》そうとしているようには見えない。だが自分はイザベラと司祭の密通を見抜けなかったくらい観察力が不足しているのだ。

誰を、何を信じるべきなのか。

そもそもイシュトヴァーンは、一度クリスティナから離れたのだ。母の死後、一年ほどで手紙の返事は途絶えてしまった。それ以来、いくらこちらから連絡をしても、何も返してくれなかったではないか。

あれが、彼の偽らざる本心なのだ。だったらどうして今頃会いに来たのだろう。何か思惑があると考えても、不思議はなかった。

「いい加減にしてください。何をもってクリスティナを貶めているのですか！」

イシュトヴァーンの腕に抱きしめられそうになる。クリスティナは咄嗟に身を捩り、その手から逃げていた。

「……クリスティナ？　何故……」

まさか避けられるとは考えてもみなかったのか、愕然とした表情で彼がこちらを見つめてくる。その傷ついた瞳に罪悪感が刺激されたけれど、とても身を任せる気にはなれなかった。

「昔一緒に遊んだことを覚えていないかい？　僕は君を助けたいんだ。今の僕は王太子の命を受け動いている。あの方は何の根拠もない魔女狩りの残酷さを訴え、廃止させようとしている。僕がこの町に来たのは、視察のためなんだ。数年振りに君に会えると楽しみにしていたのに……まさか再会がこんな形になるなんて思いもしなかった……」

語り掛けてくる彼の様子に、やはり嘘の匂いはない。それでもクリスティナには助けを求める踏ん切りがつかなかった。どうしても『もしかしたら』という可能性を排除しきれないからだ。ほんの少しでも弟に害が及ぶ危険があるのなら、クリスティナは口を閉ざす。

黙って一か月を過ごしさえすれば万事上手くいくのなら、穏便に事態が収束する方法を選びたい。自分たちが助かる確率が高い道を選択する。

本音ではクリスティナだってイシュトヴァーンを信じたい。七年の間、何度も夢見て願い続けたことだから、再会を喜び合って、楽しみにしてくれていたという言葉を胸に刻みたかった。けれどそれと同じかそれ以上に、絶望し続けた心は簡単には傾いてくれない。

疑心暗鬼に囚われて、すっかり冷たく凍えてしまっていた。

「……どうして何も言ってくれないんだ……？」

「それこそ、魔女の証です」

クリスティナが何も言えないのを良いことに、フェレプが勝手なことを宣《のたま》う。思わず眼を見開き睨み据えても、牢の外まで無言の抗議は届かなかった。

「健康なのに、声が出せないというのはおかしいでしょう？　何らかの魔に魅入られているとしか思えない症状です。ですが今ならまだ彼女を救えるかもしれない。教会の地下という清浄な場所で、悪魔との交流を断たせるのです。この処置は、クリスティナを守るのと同時に治療でもあるのですよ」

「嘘も大概にしたまえ。本当にクリスティナの声が出ないのなら、必要なのはこんなところに閉じ込めることではなく、医者に診せることだろう！」

「残念ながら、この町には古い言い伝えを信じる老医師しかおりません。彼に診せれば、クリスティナはあっという間に魔女として領民たちに知られることになるでしょう」

張り巡らせた蜘蛛《くも》の糸に搦め取られている心地がした。

どう足掻こうとも、行き止まりしか見つからない。クリスティナが考えていたよりも事態は深刻で、簡単に出口を見つけられそうもなかった。これではもし約束の一か月を待たず父が自分を助けに来てくれたとしても、事態は好転しそうにない。

やはりイザベラたちとの取り決め通り、ここであと三週間耐え抜くしかないのだ。

「では、私が彼女を信頼できる医師のもとに連れて行く」

断固として譲らないと言わんばかりにイシュトヴァーンがベッドから離れ、檻越しに司祭と対峙した。その背中が頼もしく見え、不覚にもクリスティナの胸がときめく。そんな場合ではないと己を叱責しても、焦がれ続けた人がすぐ傍にいることへの高揚感を抑えることは難しかった。

叶うなら、自ら聞きたい。何故彼がここにいるのかを。本当に自分に会いに来てくれたのかを。七年分の空白を埋めるため、声に出し話したくて仕方がなかった。

「困りますわ、イシュトヴァーン様。この地にはこの地のやり方があります。法的に違反していないのであれば、いくらファルカシュ伯爵家のご子息であっても従っていただかないと秩序が保たれませんわ。私たちも領民をみすみす恐慌状態に陥らせたくはないのです。残念ですけれど知識のある方々と違い、我々地方の民はまだ古い考えに凝り固まっておりますから」

絶妙に皮肉を織り交ぜながら口を挟んだのはイザベラだった。フェレプと一緒に来ていたのだろう。暗くてよく見えなかったが、一歩前に出てきたことで、ランプの光が彼女を照らし出した。

今日の彼女は、髪をきちんと結い上げて人妻らしく慎《つつ》ましい落ち着いた格好をしている。一週間前クリスティナに見せた、艶めかしくふしだらな姿からは遠くかけ離れていた。

きっとセープ家の実情を知らない者からすれば、領主である夫を支え健気に不在を守る妻に映るのだろう。表向き、イザベラは貞淑《ていしゅく》な妻であり厳しくも愛情深い母親なのだから。

「一度火がついた集団心理は恐ろしいものですのよ？　イシュトヴァーン様にはお分かりにならないかもしれませんが、無知であればあるほど、その傾向は強まります。ただでさえ水害や作物の不作により、人々の間には不満が溜まっています。そこへ魔女の噂が流れれば、たとえクリスティナが無実でも、無事では済まないでしょう」

語られる可能性をくだらないと切り捨てることは、クリスティナにもできなかった。

これまでにも、前例があるからだ。

近年は件数が減ったと言っても、つい数年前もこの地では魔女裁判が行われている。その時には処刑にまではならなかったけれど、疑われた本人は勿論、その家族も同じ場所には住んでいられなくなり、いつの間にか姿を消していた。

そういう土地柄なのだ。

まだまだ近代化の波は、王都から離れた田舎町まで届いていない。法的な整備も進んでいない今、事実云々よりも民衆の声が優先される傾向があった。

「愚かな迷信に振り回されるつもりですか」

迷信。その通りだとクリスティナも思う。今時馬鹿げていると呆れもするが、だからと言って無視できないのが実情だった。人は不平不満や恐怖を抱えた袋のようなもの。それが弾けた時、犠牲になるのはいつも弱い立場にある誰かだ。

「イシュトヴァーン様、何度も申し上げますが、この方法こそ全てを穏便に片づけるものなのです。そもそもこの牢獄に繋いでほしいと申し出てきたのは、クリスティナ本人なのですよ？　お疑いならどうぞ彼女に聞いてみてください」

いけしゃあしゃあと嘘を吐くフェレプを、クリスティナは拳を握り締めながら呆然と見つめた。闇に溶け、怒りのこもった視線は彼に届かないだろうけれど、心の中で罵《ののし》らずにはいられない。どの口が言うのかと、全身が熱くなるほどの憤りに支配されていた。

だがそれでも、唇を震わせることがクリスティナの限界だった。

「それがいいわ。どうぞ娘にお聞きくださいませ。――ねぇ、クリスティナ。私たちは貴女が話してくれるのを待っているのよ。声が出たら、魔女ではないと信じてもらえるのだから。ねぇ、そうでしょう？」

後半は、明らかに自分へ対する脅迫だった。声を上げれば、何をどうするか明言されないことがこんなにも恐ろしいのだと初めて知る。悪い想像が加速して、勝手に最悪の事態を思い描いてしまった。

しかしあながち全部が杞憂《きゆう》でもないだろう。ひょっとしたら、今クリスティナが考えたことの数倍酷い事態に追い込まれるかもしれない。そう不安に駆られると、もう返せる答えは決まっていた。

「……クリスティナ、今の話は本当なのか？　君は魔女の疑惑を晴らすために、自らここへ留まっているのか？」

違うと叫べたら、どんなに良かっただろう。

私を助けてと懇願し、会いたかったと素直に告げることができるなら。

しかし、クリスティナがかつて抱いていたイシュトヴァーンへの絶対的な信頼は、既にこの胸の中にはない。何重にも鍵をかけ深い場所に埋めてしまった。そうしなければ辛すぎて、残忍な継母との生活に耐えられなかったからだ。

期待して裏切られるのはもう沢山。だったらはじめから他人など信じなければいい。幸せから絶望に落とされるくらいなら、諸々諦めて、期待も希望も極力抱きたくなかった。

光の消えた瞳を瞬き、睫毛を伏せる。

クリスティナはゆっくりと、けれどはっきり頷いた。たとえ表情までは見えなくても、動きくらいは視認できるだろう。

「魔女だなんて言いがかりだろう？　どうしてはっきり否定しないんだ」

――貴方が、それを言うの？　迷惑に思っていたのならきっぱり言ってくれれば良かったのに、優しい振りをして私との連絡を突然絶った貴方が？　泣きながら何通も書いた手紙を無視し続けた貴方が？

狡い人だと、涙がこぼれそうになる。クリスティナはぐっと奥歯を噛み締めて、今度は左右に首を振った。その動作をどう判断したのか、イシュトヴァーンの息を呑む音が聞こえる。こちらへ歩み寄ろうとし、足を止め迷っているのが伝わってきた。

そんな思慮深く、他者の意思を尊重しようとしてくれるところは昔と変わらない。だからこそ尚更クリスティナの胸にひびが入った。

――本当は気遣いのできる人なのだと知っている……だから私は彼にとって、尊重する必要もない子供でしかなかったんだわ……

牢獄の中が暗闇で良かった。そうでなかったら、堪えきれなかった涙を見られてしまったかもしれない。これ以上惨めなところを晒したくはないし、下手に行動を起こしてイザベラの不興を買いたくもなかった。

イシュトヴァーンには早くこの場から去ってほしい。そう願いを込め、クリスティナは彼に背中を向けた。

「……ティナ……！」

懐かしい愛称。二人きりの時、そう呼んでくれていた。てっきりイシュトヴァーンは忘れていると思ったのに、ちゃんと覚えてくれていたらしい。仮に計算ずくであっても、やはり嬉しい。心が弱っている今だからこそ、封印したはずの恋心に引き摺られていた。

「イシュトヴァーン様、強引に事を運んでは、上手くいくものもいきませんよ？　しばらく私たちを信じて預けていただけませんか？　私とて、娘をこんな目に遭わせるのは辛いのです。ですが、クリスティナはこの通り、まともに話してもくれません。せめて声が出せるようにならないと、領民から奇異の眼で見られることは間違いないでしょう」

クリスティナがイザベラの意を正確に汲み取り従ったことに満足したのか、継母はさも優しい母の顔で宣った。慈悲深い様を見せつけようとしているのか、目尻を押さえ泣き真似までしてみせている。

ふてぶてしい態度に反論できない我が身が悔しい。喉元まで出かかったクリスティナの言葉は、声になることなく霧散《むさん》してゆく。いっそ耳を塞いで突っ伏してしまいたい。

イシュトヴァーンから痛いほどの視線を背中に感じながら、クリスティナは嗚咽《おえつ》を呑みこんだ。

「頼む、ティナ。何か言ってくれ。一言君が違うと否定してくれたら、僕はどんな手を使っても君を救い出してみせる。王太子に掛け合って、魔女の嫌疑なんて晴らしてみせるから」

ひょっとしたら、ここで全てを打ち明けて助けを求めれば、彼が救ってくれるかもしれない。何度振り払っても浮かんでくる淡い期待に、クリスティナの心の天秤《てんびん》が傾いてしまう。いや、恋焦がれた人を信じたいのだ。

初恋の人がイザベラたちに加担して、自分を罠に嵌め魔女として断罪しようとしているなんて、想像もしたくなかった。――――でも。

彼の目覚ましい出世については、こんな片田舎にも噂は届いていた。王太子の右腕として信頼され、いずれは国の中枢を担うと言われている。子供の頃共に遊んだことの方が、不自然だったのかもしれない。

隔てられた互いの立場を鑑《かんが》みて、クリスティナは『信じきれない』と判断を下した。

頑《かたく》なに後ろを向いたままの姿に何を感じたのか、呼び掛けてくるイシュトヴァーンの声は次第に小さくなってゆく。最後に訪れたのは沈黙。

全員が押し黙った静寂の中、息が苦しくなるほどの圧力を、イザベラとフェレプから感じていた。

おかしなことをすればテオドルがどうなるか分かっているな、と無言で語り掛けられている。やがて、衣擦れの音と共にフェレプが祈りの言葉を吐いた。

「おお、神よお許しください……イシュトヴァーン様、申し上げにくいのですが、強引にクリスティナを連れ出そうとすれば、貴方にも疑惑の目が向けられてしまいますよ？　魔女に魅入られ手引きしたのではないかと」

「……僕を脅しているつもりか？」

「いいえ、真実です。ここは王都からは遠く離れた地。あちらとは別の歴史と風土が根付いているのです。クリスティナはそれを重々理解しているからこそ、こういった方法を選んだのだと思いませんか？」

司祭の立場にある男から向けられた言葉の刃に、クリスティナの身体は戦慄《わなな》いた。

そうだ。逃げて全てが解決するわけではない。下手をすれば、事態を悪化させる。攻撃性を獲得した集団ほど、理屈の通じない恐ろしい暴力は存在しないのだから。

――試されているのだわ……私が本当に誓いを守るかどうか、きっとこれは試練なんだ……

イシュトヴァーンにしても、彼が語った王太子の命を受け動いているという話が本当だと仮定したところで、ここまで必死にクリスティナを救おうとする理由が見当たらなかった。七年もの間音信不通だった娘に、今更肩入れして得られる利益など何もないではないか。

華やかな場所で活躍している人が、どうして幼い頃の知り合い程度の田舎者のために骨身を削ってくれる？　冷静に考えれば、辻褄《つじつま》が合わない。危険を冒してまでクリスティナを救う理由など、イシュトヴァーンにはないのだ。きっと何か裏がある。

見えない傷痕が血を流し、クリスティナを苛《さいな》んだ。辛い現実を受け止めるには、まだ強さが足りない。身に着けた自分の処世術は、眼を閉じ耳を塞いで災禍《さいか》が通り過ぎるのを待つことだ。

いくらイザベラだって、一日中鞭を振るってはいられない。大声で罵り続ければ喉を痛める。つまりは、いずれ必ず終わること。束の間の安息であったとしても、息を潜めてさえいれば絶対に訪れてくれる。

火に油を注ぎたくなければ、身を丸くし、無駄な抵抗などしなければいい。テオドルを守るためにも、それがクリスティナの最善策だった。

「ティナ……頼む、何か言ってくれ……」

すぐ眼の前に戻ってきたイシュトヴァーンが床に膝をついてこちらを見上げてきた。クリスティナよりずっと高貴な生まれで、誰もが羨む才能と美貌を持つ神に愛された人が、薄汚れた冷たい石の床に跪く姿を、信じられない心地で見下ろす。

とても自分を懐柔《かいじゅう》するための演技とは思えずクリスティナは狼狽したが、次の瞬間、手を握られたことで恐怖が勝った。

これ以上傍にいられたら、きっと誘惑に負けてしまう。固い誓いを破って声を出し、助けてほしいと懇願してしまうだろう。もしかしたら、イシュトヴァーンこそが自分を魔女に貶める悪魔かもしれないのに。

「……っ！」

咄嗟に手を振り払い、クリスティナはボロボロの毛布を頭から被り視界を遮った。貧相な布で築いた砦など、防御力はたかが知れている。捲られたり奪い取られたりしてしまえば、それで終わりだ。

だが彼はそんな強引な真似はしてこなかった。沈黙の後、イシュトヴァーンだけが使う愛称で、ただ悲しそうにクリスティナを呼んだだけだ。

「ティナ……そんなに僕を疎ましく思っていたのか……？」

——それは貴方の方でしょう？

声に出せない反駁《はんばく》を、毛布に包まったまま唇の形だけで告げた。伝わるはずのない抗議は、淀んだ空気に虚しく溶ける。クリスティナの心が伝わったのか、イシュトヴァーンが離れてゆく気配がした。

「ひとまず上に戻りましょう。クリスティナには時間が必要です。私が悪いようには致しませんから」

司祭が神妙に述べた言葉に、イシュトヴァーンの返事はなかった。けれど遠ざかる足音が全ての答えだ。イザベラの含み笑いが聞こえた気がしたのは、おそらくクリスティナの幻聴。彼女がそんな失敗を犯すとは思えない。ここで笑いなど漏らせば、いくらなんでも怪しすぎる。

——いいえ、もしかしたら、私を動揺させることこそが狙いだったの……？

ならば目論見は成功していた。色々な可能性を考えすぎて、クリスティナの頭も心もぐちゃぐちゃになっている。何が真実で、何を信じるべきか、どうすればいいのか完全に見失ってしまった。

疑心暗鬼に侵食され、あらゆる人々が敵に見えて、一層殻《から》に閉じこもる選択しかできない。何も見ず、聞かず、声を出さず、石になる。己を守るために抱いた自分の身体は、この一週間で随分痩《や》せていた。

「……ティナ、また来る。僕は必ず君をここから助け出してみせる。だからどうか信じてくれ。せめて声を聞かせてくれないか……！」

血を吐くような懇願も無視して押し黙ったクリスティナに呆れたのか、イシュトヴァーンの嘆息が落とされた。

キィと響いた耳障りな金属音は、牢の扉を開けた音だろう。

「……今更こんなことを言っても遅いのかもしれないけれど……僕の気持ちはあの頃から変わっていない。どれだけティナに拒絶されても――やっと会えると楽しみにしていたんだ……」

小さな声音で紡がれた言葉は、手で両耳を塞いだクリスティナには届かなかった。仮に聞こえたとしても、心に響いたかどうかは甚だ疑問だ。委縮し、判断力の鈍った状態では、正しい道など選べない。

そのままじっと身動きせず、どれだけ時間が流れただろう。

ようやくクリスティナが起き上がった時には、誰もいなくなっていた。地下牢の中にも、檻の向こう側にも、人の気配はまるでない。あるのは、圧倒的な静寂と孤独だけ。押し潰されそうな闇の中、自分の呼吸音だけが酷く煩《うるさ》く感じられた。

――イシュトヴァーン様……

七年振りに会い、息が苦しい。まだこんなにも彼のことが好きだ。中途半端に断ち切られたせいで幼い初恋が風化しないだけだと思っていたけれど、やっぱり違う。むしろはっきり彼への恋情を自覚してしまった。

約束の日まであと約三週間。その日を迎えた後も、彼はクリスティナに会いに来てくれるだろうか。

もしも来てくれたとしたら、イシュトヴァーンはイザベラたちとは通じていなかったということになる。だとしたら、本心から自分との再会を望み、手を差し伸べてくれていたと証明される。

そう夢想して、クリスティナの胸が激しく高鳴った。

――今はまだ彼を信じきることはできない……でも、万が一そうだとしたら……どんなに嬉しいだろう……

その時こそ自分は、何の憂いも不安もなくイシュトヴァーンに微笑みかけられる。そしてずっとずっと呼びたくて堪らなかった名前を囁くのだ。『会いたかったです。イシュトヴァーン様』と。

恋が成就するなんて大それた望みは抱いていないけれど、気持ちを伝えるくらいは許されると思いたい。きちんと振られた後、クリスティナはやっと過去から前に進める。そのためにもまずはここで約束を守る姿勢を示さなければ。

──早くもう一度会いたい。でも、今は会えないし、会いたくもない。

こんな惨めな姿を見られた屈辱と羞恥が、じりじりと全身に広がってゆく。

どうかもう、こんな牢獄に彼が足を運んできませんようにと祈りを捧げ、クリスティナは一筋涙をこぼした。


しかし願いも虚しく、イシュトヴァーンは翌日もやって来た。

昨日のことがあるのでもしやと思い、クリスティナは可能な限り身綺麗にしていたけれど、囚われの身では限界がある。貴重な飲み水で頭を濯《すす》いでも、汚れや臭いが完全になくなったとはとても思えない。

接近を拒もうとするクリスティナに、彼は痛々しい笑みを浮かべた。

「……分かった。これ以上は近づかないよ。約束する」

イシュトヴァーンが前日よりも大きくて光量のあるランプを複数持ちこんだおかげで、まるで昼間のように牢内は明るくなっていた。そのせいで、暗がりだったら気にしないで済んだ剝き出しの石壁や、設備の老朽化と劣悪な環境が浮き彫りになっている。

クリスティナは居た堪れない心地がし、今日も俯くことしかできない。そもそも見張りとして世話係の男が檻の外にいる限り、イシュトヴァーンに何かを告げることなど不可能だった。

「……まだ何も言ってくれないのかな」

こちらへ伸ばされかけた手に、ビクリと首を竦めてしまう。届くはずのない距離を保っていても、同じ空間に彼がいると思うだけで冷静ではいられなかった。ドキドキと胸が高鳴って、鼓動は勝手に加速してしまうのだ。これればかりは意志の力ではどうにもならない。クリスティナに許されるのは精々、眼を逸らしてイシュトヴァーンを視界から締め出す程度の足掻きだった。

気まずい沈黙の中、お互いに相手の出方を窺っている。クリスティナは間違えれば身の破滅に繋がるのだから、慎重になるなと言う方が無理な話だった。それでも七年振りの再会に甘苦しい疼きが湧いてくる。尽きることなく溢れ出る感慨に、いつの間にか溺れそうになっていた。

「……七年振り、だな。元気にしていた？　いや、おばさまが亡くなっているのに、こんな質問はおかしいか」

たどたどしく切り出された会話に、クリスティナが答える術はない。彼の顔を見るのも胸を掻き乱されることが分かっているから、したくなかった。結局頷くことさえできず、口を噤んだまま沈黙に押し潰される。

その後もぽつりぽつりとイシュトヴァーンは話しかけてくれたが、どれ一つ返事をせずにいれば、やがて話題も尽きた。注がれる視線の熱さに耐えるのも、もう限界。カラカラに乾いた口内で舌を蠢かし、クリスティナは彼が立ち去ってくれることを祈っていた。

その時、牢の外に座っていた見張りの男が、そわそわと身体を揺らしながら立ちあがる。

「……貴族の旦那様ぁ、約束の時間はちゃんと守ってくださいよぉ……こうして司祭様の眼を盗んでお通しするのも、大変なんですからね……バレたら、俺が罰を受けるんですから」

クリスティナが初めて聞いた男の声は、随分しゃがれていた。彼が話したことにも驚いたが、何より語られた内容に唖然とする。まさか、イシュトヴァーンは司祭やイザベラには秘密でクリスティナのもとにやって来ているのか。

「……ちゃんと相応の礼金は渡している。クリスティナの意思を尊重したいと思えばこそ、こんな方法を採っているんだ。報酬分はきちんと働いてもらおう」

いったいいくら握らせたのかは知らないが、監視役の男はぶつぶつ文句を言いつつ椅子に座り直した。

イシュトヴァーンを、どこまで信じていいのだろう。未だ迷い続けるクリスティナには、一連のやりとりさえどこか芝居がかって見えてしまった。臆病になった心は乾ききっていて、容易に慈雨《じう》も沁み込まない。それでも彼が次に発した名前には、反応せずにはいられなかった。

「テオドルも、クリスティナを心配していた」

「……っ！」

弾かれたように顔を上げ、正面からイシュトヴァーンを見つめてしまう。

弟に会ったのかとか、あの子は無事なのかとか迸《ほとばし》りそうになる言葉を、クリスティナはどうにか呑みくだした。

「良かった。やっとこちらを見てくれた」

本当に嬉しそうな顔で彼に微笑まれ、視線を逸らすきっかけをなくす。どうしていいのか決められないまま、眼差しが搦め取られた。

相変わらず美しい海の青。心の裏側まで見透かされそうな静謐《せいひつ》さに、自然と背筋が伸びてしまう。息を吸おうとして開いたクリスティナの唇は、微かな喘《あえ》ぎを漏らしただけだった。

「あの子に会うのは二度目だね。随分大きくなっていて驚いたよ。聡明そうな、可愛い子だ」

――ええ、そうでしょう？　物覚えが良くて、あの年にしては優秀だと専《もっぱ》らの評判なんです。だからいずれはちゃんとした学校で学ばせ、立派な領主になってもらうのが私の夢なのです。

テオドルを褒められて、クリスティナの頬が緩んだ。硬く凍りついていた口角も引きあがり、思わず前のめりになってしまう。そんな様子にイシュトヴァーンは最初瞠目したが、すぐに柔らかな笑みを返してくれた。

「姉弟仲がとてもいいようだね。テオドルは君の心配ばかりをしていた」

クリスティナという庇護者がいないセープ家の屋敷で、弟は虐げられていないだろうか。イザベラがこの地下牢へまったく現れない分、彼女の鞭がテオドルに向けられているのではないかということが一番怖かったのだ。

聞きたいけれど、聞けない。意思の疎通を禁じられることが、これほどもどかしいものだったとは。身振り手振りで伝えられることには限界がある。

いくらクリスティナがもっとテオドルについて聞かせてほしいとお願いしようとしても、イシュトヴァーンが首を傾げていてはどうにもならなかった。

「……すまない、分からない。ティナ、本当に声が出せないのなら、書いて教えてくれないか？」

彼から掌を差し出され、そこに指で綴ってほしいと示されたけれど、できない提案だった。最初に、『話すこと』と『書くこと』は禁止されている。思えばとても周到なやり方だ。もっと譲歩してもらえばよかったとクリスティナは後悔したが、もう遅い。

それでも諦めきれず、首を左右に振った後、双眸に願いを託した。

――お願いします。テオドルのことを教えてください。

真摯な祈りが通じたのかは不明だが、軽く息を吐いたイシュトヴァーンが手紙を差し出した。

「テオドルからこれを預かった。教会に行くならお姉様がいるはずだから、こっそり渡してほしいと言われたんだ」

小声になったのは、見張りの男に聞かれないためだろう。テオドルも子供ながらに何か不穏な空気を感じ取っているのかもしれない。それでも姉を案じ、こうしてイシュトヴァーンに手紙を託してくれたのだ。健気な弟を思い、涙ぐむ。

「昨日はこの町に到着してすぐ、君の父上に会うつもりだった。だが不在で、ティナの姿もなくて落胆したよ。使用人たちに聞いても『知らない』の一点張りだし、ようやく会えたイザベラ様に聞いても話を濁《にご》してばかり……どうにか居所を聞き出してみれば、こんなことになっていたなんて、想像もしていなかった」

その言葉の全てが本当なら、どんなに嬉しいか。しかしどうしても疑う気持ちが頭をもたげてくる。無言で先を促すクリスティナに、彼は真剣な眼差しを向けてきた。

「地方で魔女狩りが絶えていないことは聞き及んでいたが、まさかここもそんな野蛮な因習が蔓延《はびこ》っていたとは……しかも教会の地下に牢獄が造られていることから考えても、過去に疑惑をかけられ囚われた人は大勢いるのだろう……」

クリスティナの生まれる前、苛烈な『告発の嵐』が吹き荒れたことは知っている。一度下火になってもいつ何時再び燃え盛るか分からないことが、魔女狩りの厄介なところだ。

しかも一度火がつけば、なかなか消えることがない。本当の問題は、人の心の中にこそ存在するからかもしれなかった。

クリスティナが微かに頷くと、イシュトヴァーンが顔を輝かせる。小さくても、再会以来クリスティナが見せた拒絶以外の数少ない意思表示だからだろう。

「君に何があったのかはまだ分からないけれど、僕はティナが魔女でないことだけは確信している。それはきっとテオドルも同じだ。あの子は、お姉様が安心して帰って来られるように強くなって待っていると言っていたよ」

——ああ、テオドル……！

生まれて初めてクリスティナとこんなに長く引き離されて、きっと不安と孤独に苛まれているだろう。それでも一所懸命自分にできることをしようとしてくれている。僅か一週間で大人びた弟を思い、クリスティナの視界が涙で霞んだ。

「……イザベラ様はこの数日ほとんど屋敷に戻っていないようだ。昨日お会いできたのは、ある意味運が良かった」

だとすれば、弟が酷い暴力を受けることはあるまい。使用人にテオドルを任せることも不安だが、今は贅沢を言っていられなかった。当面身体的な危険が及ばないことに満足しなくては。

クリスティナは少しだけ肩の力を抜き、イシュトヴァーンを見据える。

もしかしたら彼は、歪んだセープ家の内情に薄々気がついているのかもしれない。継母がなさぬ仲の子らを虐めるのは、残念ながら珍しくない話だ。

けれど単純に思いついたことを口にしただけかもしれないし、何か思惑があるのかもしれない。だが一つだけ言えるのは、クリスティナがイシュトヴァーンを信じたいと心から願っていることだった。叶うなら疑念を差し挟まず、純粋に捉えたい。

彼は自分を裏切ってなどいないし、今も善意で手を差し伸べてくれているのだと思いたかった。でも。

「昨夜のうちに君の父上には手紙を出しておいた。早ければ明日か明後日には届くだろう。そうしたら彼も急いで帰還し、こんな馬鹿げた処遇を改善してくれるはずだ」

そう上手くいくものだろうか、と批判的な思いがクリスティナの中に生まれた。イザベラは欲望に忠実で残忍な性格ではあるが、愚かではない。領主夫人という今の暮らしに不満を抱いているようだが、簡単に手放すとも思えなかった。

耳の奥に呪いに等しい言葉がよみがえる。『私に逆らったら、これよりもっと酷い目に遭わせるわよ?』。彼女は言葉巧みに父を誘導し、前妻の遺品の大半を処分させた。つまりはクリスティナとテオドルの生母のものを。今では、肖像画一枚残されてはいない。可哀想な弟は、生母の顔を知る機会さえも奪われたのだ。

あんな絶望と悲しみを、二度と味わいたくなかった。クリスティナに刻み込まれた恐怖は、この身の隅々まで侵している。あの人に逆らってはいけないと、考えるより先に服従してしまうのだ。

まるで牙を抜かれた犬。主人に逆らう気概など、とっくの昔に摩耗《まもう》してしまった。

狡猾《こうかつ》なイザベラが、一番の邪魔者になる父親の帰還を妨害しないとはとても思えない。きっと何らかの策を打ってくるだろう。

翳《かげ》りを帯びたクリスティナの瞳に、おそらく希望は宿っていない。そんなものとっくの昔に手放してしまった。だから今、どうやってイシュトヴァーンを信頼すればいいのか本当に分からないのだ。

「……まだ、信じていないという眼をしているね」

伝わってほしくないことはこんなにあっさり通じるのに、何故叫びたいほどの思いは届かないのだろう。

クリスティナが気まずさから眼を逸らせば、彼が拳を握り締めているのが見えた。白く筋の浮いた手が、小刻みに震えている。怒りを抑えているのか、それとも傷ついたからなのか――

「旦那様ぁ……、そろそろ限界です。司祭様がいつも俺に用事を言いつける時間になりますんで、これ以降は困りますよ」

再び見張りの男に口を挟まれ、イシュトヴァーンは深々と溜め息を吐いた。この場からこっそり帰るにしても、人目につかない刻限や道を選ばねばなるまい。だとすればあまり時間を費やせないに違いない。

クリスティナはホッとするのと同時に、残念にも思う複雑な感情を持て余していた。

自分でも、どちらなのかよく分からない。判別するのも怖くて、曖昧なまま心に蓋をする。

「ティナ、これを」

「……?」

彼が持っていた袋から取り出したのはサクランボだった。細い茎のついた赤い実が、ころころとクリスティナの掌に落とされる。

「少し時期が早いから、あまり甘くないかもしれない。スープにした方が身体に優しいけれど――君は痩せすぎだ。少しでも栄養を取ってほしい。今朝、市場で買ってきた……好きだっただろう?」

覚えていて、くれたのか。

まだクリスティナが五歳くらいの頃、食後のデザートに出されたサクランボをもっと食べたいと駄々を捏《こ》ねたことがあった。あの時は母に『我儘はいけません』と叱られたのだが、イシュトヴァーンはそっと自分の分を分けてくれたのだ。それも『大人たちには秘密だよ』と囁いて。

普段は甘酸っぱいサクランボが、あの日ほど甘美に感じられたことはない。以来、尚更自分にとっての大好物となっていた。

――昔と、同じ。そう、信じてもいいの？　貴方は優しい人のままだって。

「明日も来るよ、ティナ。だから心を開いてほしい。どうか僕に全て任せて」

瞬間、抱いた気持ちは『来ないでくれ』なのか『待っている』なのか。考えまいとして、結局瞳を閉じることしかできなかった。

立ち去る彼の後ろ姿を見送って、軋む胸を無意識に押さえる。痛くて、苦しい。そして怖い。ひょっとして彼なら、本当にこの状況を打破し、何もかもいい方向にクリスティナを導いてくれるのでは……という希望と期待が入り交じる。そして同じだけ、七年前突然途絶えた手紙を待ち続けた悲しみを思い出すのだ。

母を亡くして、一番誰かに寄り添ってほしかった時に手を振り払われた痛みは、今も色褪せることがない。完全に消えない傷となり、何年経っても誰かに心を預けることが怖くて堪らなかった。

狭く硬いベッドの上で身を縮めたクリスティナは、残されたサクランボとテオドルからの手紙を交互に見る。ちらりと見張りの男の様子を窺えば、差し入れについては見逃すつもりらしい。取り上げられないことに安堵し、赤い実を一粒口に運んだ。

――酸っぱい。

やはり少しばかり旬には早い。だが最近の食事は、具のない冷めたスープと硬いパンばかりだったので、とても美味しく感じる。これまで食べたどれよりも、不思議な甘みがある気もした。

種を出すのも惜しい心地がして、クリスティナは口内でころころと転がす。

テオドルからの手紙は、八歳児にしてはしっかりとした文字が綴られていた。『僕のことは心配しないで、お姉様』から始まる文に、自然と頬が綻んだ。

幼い弟の文字を指先で辿り、『お姉様が突然教会の奉仕に行かれてしまったのは驚きましたが、僕は大丈夫です。どうか身体に気をつけて頑張ってください。これまでずっと守ってもらってばかりでしたが、これからは僕がお姉様を守れるよう強くなります。だから安心して早く帰ってきてください』という内容に涙した。

強がってはいるが、きっと最後の一文こそがテオドルの本音だろう。寂しいと、本当は言いたかったのだと思う。けれどクリスティナの心配ばかりしてくれている。

――優しい子。私が弱気になっている場合じゃない。

クリスティナは何があっても約束を守り抜いて沈黙を貫き、弟のもとに戻ろうと気持ちを新たにした。

◇◇◇◇◇

「本気でクリスティナとの約束を守るつもりかい？」

貴腐《きふ》ワインを注いだグラスを光にかざしながら、フェレプは瞳を眇めた。情事の香りが色濃く残る室内にいるのは、裸にガウンを羽織っただけの彼と、艶めかしい白い肌を惜しげもなく晒したイザベラの二人だけだった。

ついさっきまで睦み合っていたベッドの上で、うつ伏せになった彼女が気だるげに髪を掻き上げる。

「まさか。いくら口では私たちの関係を誰にも話さないと誓ったところで、信じられるわけがないじゃない。それに私はいくらこんな田舎でも、領主の妻という身分を手放す気はないわ。いずれ未亡人になった暁には、この肩書きを持ったまままもっといい男のもとに嫁ぐつもりだもの」

「相変わらず強《したた》かで、恐ろしい女だな、君は。でもそこがイザベラの魅力だ」

甘い芳香を放つワインを口に含み、フェレプは口移しでイザベラに飲ませる。彼女も嫌な顔一つせず、情人からのキスを喉を鳴らして受け入れた。

「ふふ、私は欲しいものは何でも手に入れる主義なの。だから貴方も誰にも渡さない。代わりに充分贅沢はさせてあげているでしょう？」

「ああ。これからも神ではなく、君に忠誠を誓うよ。だが、もうしばらくすれば父親が帰ってくるだろう？　厄介じゃないのか」

「大丈夫よ。この町のことで、私の耳に入らないことなんてないわ。勿論郵便だってね。イシュトヴァーン様が夫に出そうとした手紙は握り潰して、代わりにお土産として南部でしか産出されない宝石を買ってきてほしいと送ってあるの。手に入れるには、だいぶ遠回りしないとならないでしょうね」

　領主が戻るのは、当初の予定を大幅に過ぎた後に違いない。そう言うと、イザベラは形のいい唇をにんまりと吊り上げた。

「クリスティナと約束したひと月には間に合わない可能性が高いわ。だからその間に、けりをつけてしまえば問題ないのよ」

「でもあの様子では、口を閉ざし続けかねないんじゃないか。案外強情というか、頑固者のようだ」

「そうね、その点は私も予想外だったわ。すぐに音を上げると思ったから、暇潰しがてらいたぶってやろうと思ったのに……本当に生意気で可愛くない子。だけど大丈夫よ。絶対に喋らせてみせるわ」

　イザベラの双眸が残忍な光を帯びる。フェレプの肩からガウンを落とし、二人絡まりながらベッドに横たわった。

「魔女に裁判はつきものでしょう？　きちんとした取り調べを受ければ、あの子も自ら罪を認めるでしょう。逆に己の無実を証明するためには、喋らなければならないけど。そうしたら約束を守ったことにはならないわねぇ」

どちらにしても袋小路。地獄にしか行きつかない道行きだ。

「義理とはいえ、娘を拷問にかけるつもりかい？　最高の見世物だな、イザベラ！」

「娯楽が少ない田舎では、自分で楽しい催しを作らないとね。イシュトヴァーン様がいらしたからには、グズグズしていられないわ。計画を前倒しにするわよ」

楽しげに笑いながら、男女は手足を絡ませる。甘い嬌声が部屋に響くまでに時間はかからなかった。

「考えてみれば、これは私たちにとって僥倖《ぎょうこう》よ。まだ子供のテオドルはどうとでもなるし、私が子供を産むまでは跡取りとして生きていてもらわないと困るわ。でも娘の方はどこかへ嫁にやろうにも持参金が勿体なくて持て余していたの。だからこれで丁度良く問題を処理できるってわけ！」

「ああ、名案だ。あとは私に任せてくれればいい。司祭が魔女と断じれば、異議を唱える者など、この町にはいないさ」

神に仕える司祭が、領主の妻とふしだらな関係にあると疑う者もいない。良くも悪くも純朴な領民は、教会と司祭に絶対的な信頼を寄せていた。

今日も信仰心の厚いイザベラが、熱心に教会に通っていると見なされていることだろう。

まさか司祭の私室で淫らな行為に耽っているとは、微塵も考えないに違いなかった。

「早速明日から尋問を行いましょう。きっと鞭とは比べものにならない興奮が味わえるでしょうね……」

「簡単に自白されてはつまらない。私も魔女裁判に立ち会うのは初めてだから、どうせなら色々試したいな。先人たちが開発した道具を、実際に使ってみたい」

「フェレプったら、私をさも残酷な女のように言っておいて、自分も楽しみたいんじゃない」

耳障りな哄笑《こうしょう》が木霊する。最悪の相談は、夜の帳《とばり》の中に消えていった。

3　魔女を誘拐

何かがクリスティナの髪に触れている。頬にも触られ、擽《くすぐ》ったい。

いくら親しくなったと言っても虫や鼠だったら嫌だなと思い、クリスティナの意識は浮上した。

「……？」

牢獄の中は昼間でも暗いのに、夜ともなれば漆黒の闇だ。眼が慣れるまでは、ものの輪郭さえ捉えられない。いや、光源一つない中ではそれもままならなかった。

もはや慣れ親しみつつある泥のような黒一色。この時間は、見張りの男も仮眠を取るため自宅で休んでいるのか、牢の前に陣取っていない。クリスティナだけが存在する、圧倒的孤独と静寂の空間。

だが――名状しがたい違和感をクリスティナは感じ取っていた。

――何？

それは息遣いとか、生きる者が発する熱量のようなものだ。自分が眼を開けただけでは起こり得ない空気の流れを察知し、息を呑んだ。

――誰か、いる……

叫ばなかったことを、褒めてやりたい。咄嗟に噛み締めた唇には、血が滲んだかもしれない。必死で意識を研ぎ澄まし周囲を窺うが、動かせたのは眼球だけだった。しかも何も見えないことに変わりはない。

それでも、手を伸ばせば届く距離に何者かが佇んでいることに間違いはなかった。囚われの身になって以来眠りは浅いので、以前にも同じことがあれば絶対に気がついていた自信がある。だからこれは、今夜が初めての事態だろう。クリスティナは変化が訪れた理由が分からず、身を強張らせることしかできなかった。

牢の鍵を持つのは、フェレプか見張りの男。そして借り受けたとしてもイザベラくらいだ。では三人の内の誰かなのか。

それぞれの顔を思い浮かべるが、誰であっても良からぬ思惑しか感じられない。クリスティナは胸の前で拳を握り締め、カチカチと鳴ってしまいそうな奥歯を噛み締めた。

――助けて。誰か――イシュトヴァーン様っ……

「ティナ」

無意識に心に描いた人の声が聞こえ、クリスティナは瞬いた。幻聴かと疑ったが、違う。声のした方向を探れば、弱々しい光が灯され、明かりの中に助けを求めた人が浮かび上がった。

「……っ」

黒衣に身を包んだ彼は、夜と同化していた。輝く黄金の髪だけが、フードを被っていても淡く輝いている。発光するかのような色に、思わず見惚れてしまった。

「逃げよう、ティナ」

ひゅっと喉が鳴る。クリスティナはあまりの驚きで悲鳴が漏れそうになっていた。

「このままここにいては駄目だ。見張りの男に聞いたが、司祭たちは滅多に地下牢まで来ることはないそうだね。それなら君がいなくなってもしばらくはごまかせる。あの男に金を握らせたから、安心していい」

「……?」

逃げるという言葉の意味が分からず、半身を起こしたクリスティナは呆けたままイシュトヴァーンを見つめていた。何を言っているのだろうと、本当に頭が働かない。自分はここで、あと三週間を過ごさねばいけないのだ。逆に言えば、それだけでテオドルのもとに戻ることができる。

それなのにどうして危険を冒して逃げなければいけないのか。イザベラたちを説得したのならまだしも、逃亡する理由も利益も、クリスティナには見出せなかった。

力なく左右に首を振ると、彼はこちらが拒むとは欠片も想定していなかったらしく心底驚いているように見えた。

クリスティナにしてみれば、無断で姿を消すなんてあり得ない。最も愚かな選択だ。仮にそんなことをした時に起こり得る事態を想像し、全身が震える。おそらくイザベラの苛立ちの矛先はテオドルに向かってしまう。クリスティナという憂《う》さを晴らせる相手がいない分、折檻はこれまで以上に苛烈なものになるだろう。八つの子供に耐えられるとは到底思えなかった。

だから握られた手を振り払い、ベッドの上を後退る。出て行ってくれと身振り手振りで訴えた。

「何故だ、ティナ……？　こんな酷い扱いを受けて、どうして黙っているんだ。それでは何か疚《やま》しいことがあるのかと疑われるだけじゃないか！」

両腕を掴まれ前後に揺すられたが、懸命にもがいてイシュトヴァーンから離れた。狭い牢獄の中では逃げ隠れする場所などない。その前に伸ばした自分の指先さえ見えないほどの闇だ。不用意に動けば、石が割れたまま転がっている床で怪我をする。

――逃げたら、きっともっと酷い目に遭う。お母様に、逆らったりしちゃ絶対に駄目。ここにいることが一番正しく安全なのに、連れ出そうとする彼が急激に恐ろしく思えてくる。やはり何もかも計算され尽くした罠で、イザベラたちと申し合わせているのではないかと疑念が頭をもたげた。

一度抱いた疑いの芽は、そう簡単に萎れてはくれない。しかも外界と遮断され、矜持をへし折られ続けた牢獄生活のせいで、クリスティナの思考力は鈍麻していた。

自分を抱きしめようとするイシュトヴァーンの手を叩き落とし、身体を捩って抵抗する。『静かに』という注意を無視し、声は出さなくても全力で暴れた。彼が乱暴でないのをいいことに、脚をばたつかせて必死に攻防戦を繰り広げる。その過程で、意図せずイシュトヴァーンの頬をクリスティナの爪が掠《かす》めていた。

「……！」

一瞬で、頭が冷えた。

別に彼に怪我を負わせたかったわけではない。そんなつもりはなかったのに、乏しい明かりの中、見慣れない赤はとても禍々《まがまが》しくクリスティナの眼を射った。

「……僕と来るよりも、魔女と言われた方がマシだとでも言うのか……？」

ごめんなさいの一言さえ口にできないことがもどかしい。恐る恐る傷口へ伸ばした手を摑まれ、ハッとした瞬間にはイシュトヴァーンの腕に搦め取られていた。

「お願いだから、教えてくれ。ティナは何故そこまで僕を嫌う？　僕が何かしてしまったのなら、ちゃんと聞かせてくれ」

――分からないの？　覚えていないの？　返事をくれなくなったのは、貴方じゃないの？　……ああ……この人にとっては、一方的に私との交流を断ったことなんて、たいした問題じゃないのだわ……

クリスティナとの文通は、いつ終わらせても構わないどうでもいいことだったのだ。日々の生活や仕事の方が重要なのは分かっている。それでも、七年もの間一通も手紙を書けないほど多忙ということはないだろう。結局は優先順位が低いから後回しにされ、やがて忘れ去られてしまったとしか思えなかった。

クリスティナにとっては泣き暮らすほど辛いことだったのに、彼にとっては罪悪感も義務もないから、こちらが全面的に信頼できない理由がそこにあるとは夢にも思わないに違いない。あまりにも絶望的な齟齬《そご》に、眩暈がした。

瞳の縁に留まっていた涙が、ポロリと溢れる。一度こぼれてしまった滴は、次々にクリスティナの頬を濡らした。

「泣くほど、僕と逃げることも話すことも嫌なのか……？」

傷ついた声で言われ、胸が痛む。無理を強いられているのはこちらの方なのに、まるで自分がイシュトヴァーンを傷つけている気分だ。軋みを訴える内心から眼を逸らし、クリスティナは拒絶を告げるために両手で彼の身体を押し返した。

「――君の気持ちはよく分かった。……でも、受け入れることはできない」

「……？」

イシュトヴァーンの瞳が暗く濁る。そして次の瞬間、クリスティナの唇に柔らかなものが押しつけられていた。

背がしなるほど強く抱かれた腰。拘束された後頭部。身動きができない力で、彼の腕の中に閉じ込められる。

口づけられているのだと気づくまでには、しばらくの時間が必要だった。生まれてこのかた、クリスティナには異性との交際経験など皆無だったからだ。物語の中の恋人同士が交わす甘やかなキスは知っていたけれど、実際の経験はまるで違うものだった。

荒々しく呼吸を喰らわれ、深く貪られたせいで顎が閉じられなくなる。開いてしまった歯の隙間から忍びこんできたイシュトヴァーンの舌が、縦横無尽に暴れていた。歯列を辿り上顎を擽られ、内頬を舐めたかと思えば舌を愛撫される。逃げ惑うクリスティナの舌は吸い上げられ、擦り合わされた表面から得体の知れない疼きが広がった。

「……ん、んんっ……」

思わず漏れてしまった声は、言葉ではないから約束違反にはならない。だが喉を震わせるクリスティナの声に反応し、彼は更に大胆に攻め立ててきた。

お互いの唾液が混じり合い、飲み下しきれなかったものが口の端から滴り落ちる。他者に口内を支配されることがこんなにも背徳的で官能を呼び起こすものだとは知らなかった。

霞みがかったクリスティナの頭は、甘い刺激に酩酊《めいてい》してゆく。息苦しさも相まって、次第に意識が薄れていった。

「……ぅ、んっ……」

身体の力が抜けた頃合いを見計らい、イシュトヴァーンはようやく唇を解放してくれた。酸欠になりかけていたクリスティナはむせ返りながら息を吸う。だが呼吸を整える猶予《ゆうよ》はそう長くは与えられなかった。

何かを口に含んだ彼が、再度口づけてきたからだ。

「……っ?」

奇妙な苦みが、喉奥に押し込まれる。身体を引こうとしたが、男の力に非力な女が敵うわけがない。ましてこの一週間まともな食事を取っていないクリスティナでは、頭を振って逃げることもできなかった。

キスの最中に鼻で息を吸うことさえ未だ知らないクリスティナは、酸素を求めて喘いでしまう。すると当然ながら、謎の異物を飲み下してしまうことになった。

——薬……っ?

ゴホゴホと咳を繰り返し、どうにか吐き出そうとしたが無駄だった。もう喉を通過してしまったものはどうすることもできず、恐ろしい毒物だったらどうしようと恐怖が襲ってくる。やはりイシュトヴァーンはイザベラ側の人間だったのか。

死への怯えより大きな悲しみが胸を塞ぎ、クリスティナは彼を見上げた。その時、ぐにゃりと視界が歪む。

「あ……」

急激に訪れた眩暈に、抗うことができない。瞼が勝手に落ちてきて、四肢からは力が失われた。

自らの身体を支えていられなくなったクリスティナを抱き寄せたのはイシュトヴァーンだ。彼の胸板へ寄りかかる形へと導かれ、遠のく意識を必死に繋ぎ止めようとしたが、混濁してゆくものを留めることはできなかった。

「お休み、ティナ」

「イ……」

意識がここで途切れたのは、幸いだったのかもしれない。彼の名前を呼んでしまう直前に、眠りの中へ落ちることができたのだから。


花の匂いがしている。

懐かしい記憶を刺激する、優しい香り。

クリスティナは無意識に深く息を吸い込み、香しい芳香で胸を満たした。そして香りの根源を求め、ゆっくり瞼を押し上げる。

眼前に広がるのは、優しい色調で纏められた可愛らしい室内だった。薄暗くもないし、ジメジメもしていない。身に着けているのは清潔で真新しい夜着。今クリスティナが横たわっているのはふかふかのベッドだ。

一瞬、これまでのことは全て悪い夢で、いつも通り自分の部屋で朝を迎えたのかと思った。けれど、違う。

クリスティナの寝室は、こんなに光が差し込むいい場所にはないし、見るからに高価な家具も置かれてはいない。そんなものは全て継母に奪われ、代わりに宛てがわれたのは使い古されたものや、壊れかけの粗悪品ばかりだったはず。

——ここは、どこ？

怖々起き上がり、ベッドから足を下ろした。床には毛足の長い絨毯が敷かれ、室内履きが置かれている。しかしクリスティナはそれを履かず、裸足のまま大きな窓に歩み寄った。見事な刺繍が施されたカーテンの隙間から、眩い光が差し込んでくる。今は何時頃だろう。少なくとも早朝ということはあるまい。かなり長い時間眠っていた可能性もある。

ひょっとしたら、何らかの理由で昨夜はセープ家の客間で就寝してしまったのかな、とクリスティナは上手く働かない寝起きの頭で考えた。とにかく外の光景を見れば、ここがどこかも分かるに違いない。

大きく息を吸い、汗で滑る手で敢えて勢いよくカーテンを開いた。

「……え」

まったく見知らぬ光景に、クリスティナは愕然とした。

生まれた時から慣れ親しんでいる森も、町の向こうに佇む山も見えない。父が治める領地は低い建物が多く、セープ家の屋敷が高台に建っているため、遠くまで見渡すことができた。教会は勿論、端にある牧場や遠くに流れる河まで全部見通すことができたのに
——今クリスティナの眼前に広がるのは、広大な庭と、その向こうにそびえる幾つもの大きくて立派な建物だった。

屋敷から門扉までがとても遠く、しっかり舗装された街道には、多くの馬車や人が行き交っている。クリスティナの暮らす町にはない活気が、離れたところからも感じられた。

——いったいどういうこと？

夢だとしたらどこからどこまでが？　混乱のまま、外の景色から眼を離せない。あまりにも夢中で凝視していたせいか、クリスティナは背後に人が立ったことにも気がつかなかった。

「ティナ」

「……っ！」

心臓が縮み上がるとは、きっとこんな時に使う表現なのだ。痛いほどに高鳴った胸が、

ドクドクと脈打っている。弾かれたように振り返れば、そこに立っていたのはイシュトヴァーンだった。

明るい日差しの中で、大人になった彼の姿を眼にするのは初めてだ。暗がりの中でさえ神秘的な光を放っていた淡い金の髪が、陽光を反射して一層光り輝いている。海を連想させた青の瞳は、晴れ渡る空の色を映していた。

「イ……」

名前を呼びそうになり、慌てて口を噤む。思い出した『約束』が、重い鎖となってクリスティナを雁字《がんじ》搦めにした。もしかしたら今も誰かに監視されている可能性がある。見張りの男の姿を、思わず捜していた。

「大丈夫、誰もいない。だから本当のことを君の口から話してくれないか」

腰を屈めたイシュトヴァーンが、クリスティナと目線の高さを合わせてきた。そう言えば、昔もこうしてくれたことを思い出す。子供時代の四つの年の差は大きい。しかも最後に会ったのは十歳と十四歳の時だった。育ち盛りの彼は瞬く間に背が伸びて、その前に会った時と比べると、クリスティナが見上げるほどの身長差ができていたのだ。

真正面から絡む視線に息が乱れる。後退ろうとしても背後は閉じられた窓だ。狼狽えたクリスティナは首を左右に振ることしかできなかった。

「君が眠っている間に医師に診てもらったんだが、ティナの喉は機能的に問題が見当たらないそうだ。おそらく心因性か……意識的なものだと、彼は言っていた」

まったく意識のない内に診察されていたことを知り、少なからず驚いた。いくらぐっすり眠っていたとしても、考えられない。あちこち触られて目を覚まさないほど自分は鈍感ではないはずだ。

クリスティナは考えられる原因として、眠る前に飲まされた薬のことを思い出す。同時に淫らな口づけも記憶から引き出されそうになったが、強引に振り払った。

壁伝いにじりっと横に動けば、イシュトヴァーンも同じ方向に移動する。二人の距離は広がるどころか、少しずつ縮められていた。今ではもう、吐息を感じられるほどすぐ近くに彼の顔がある。会えない間に夢想していたよりもずっと秀麗で男性的な魅力を兼ね備えた美貌が、クリスティナを見つめていた。

「……話せないのではなく、話したくないのか？」

その質問の答えは、『はい』でもあり『いいえ』でもある。

あれからどれだけの時間が流れたのか不明だが、一刻も早く教会の地下牢に戻らなくてはならない。今ならまだイザベラたちに自分の不在を気づかれてはいないはず。万が一逃げたと思われたら、きっとその時点で約束を反故《ほご》にされてしまう。

テオドルの身に危険が及ぶ可能性を思い、クリスティナは激しく焦燥を掻き立てられた。しかし『帰りたい』の一言さえ身振り手振りだけでは上手く伝わらない。懸命に外を指さしたり、自分の胸を叩いてみたりしたが、クリスティナの言わんとすることをイシュトヴァーンが理解してくれることはなかった。

「ティナ、落ち着いて。あのまま牢獄に留まっていたら、本当に魔女として裁かれかねない。君には冷静になる時間が必要なんだ」

その時間が惜しいのだと、何故分かってくれないのだ。こうしている間にも、司祭が気まぐれに地下に降りたらと想像するだけで背筋が凍えた。もしこれがイシュトヴァーンの勝手な行動なら、継母らはクリスティナが逃げたと思うに決まっている。また逆にイシュトヴァーンがイザベラたちの仲間なら、言いなりになんてなれない。つまりどちらにしてもクリスティナには、地下牢に戻る道しか残されていないのだ。

少なくとも、そう思い込んでいた。

「話したくないなら、ここにティナの思いを書いて教えてくれ」

クリスティナは焦れた末、差し出された紙とペンを押し返し扉に向かって走った。埒《らち》が明かない。眠っている間に連れ去られたのなら、さほど遠い場所に運ばれたのではないはず。

だがクリスティナが扉に辿り着くより先に、彼に捕まってしまった。正確には、足が縺れて上手く走れず、その場に転がってしまったのだ。

「危ない！　君は五日も夢と現をさまよっていたんだから、急に動いては駄目だ」

――五日？

信じられない言葉に眼を見開く。問いかける視線でクリスティナの言いたいことが伝わったのか、抱き起こしてくれたイシュトヴァーンが柔らかく微笑んだ。

「勿論、眠りっ放しだったわけじゃない。合間に軽い食事を取ったり入浴をしたりはしていたよ。ただ、ずっと朦朧《もうろう》としていたから、覚えてはいないだろうけれど。――ああ、心配しなくても着替えや入浴の介助は女性使用人に任せていたし、害の残る薬じゃないから安心してほしい」

確かに、べたついていた髪はすっかり綺麗になっており、身体にも不快感はどこにもない。極度の空腹も感じていなかった。

しかしぞっと背筋が冷えたのは、語る内容の空恐ろしさと、彼の穏やかな表情との間に著しい乖離《かいり》があったことだ。まるで好きな食べ物の話をするかの如く、のんびりと平和な口調で、薬物で眠らされていた事実を知らされたのだから。

「……っ、あ……」

「何だい？　ティナ」

思わず漏れた呻きに、期待のこもった眼差しを向けられる。クリスティナは喉が干上がるのを感じた。

抱いたのは、端的に言えば違和感。イシュトヴァーンは、こんな顔をする人だっただろうか。

地下牢の薄暗がりの中でさえ、眩しいほど光の似合う人だと思った。幼い頃から称賛されていた容姿も、立ち居振る舞いも全て、表舞台で活躍するのに相応しい素質を持っていた。今もそれは変わらない。

なのに何かが違う。どこが、と説明はできないけれど、人を魅了する微笑の中に、微かな歪みのようなものをクリスティナは感じていた。

部屋の奥へ連れ戻され、宝物を扱う恭しさでベッドの上に下ろされる。彼の手が離れた瞬間、クリスティナは広いベッドの上で限界まで端に逃げた。

「……いくら僕から逃げても無駄だよ。ここは、君が暮らしていたあの町じゃない。王都にある僕の屋敷だ。何も持たないティナが、どうやって逃亡するつもり？」

——王都……っ？　眠らされている間に、そんな遠くまで来ていたの……？

とてもではないが歩いて帰れる距離ではないし、故郷への方向さえクリスティナには分からなかった。しかも彼の言う通り、着の身着のままで連れ去られているのだ。お金どころか金目のものさえ持っていないのだから、自力での帰還手段を断たれたに等しい。

絶望的な心地で、クリスティナは呆然としていた。

「やっと落ち着いてくれた。これで話ができる」

ベッド脇の椅子に腰を据えた彼が、場違いなほど笑みを深くする。緊張でクリスティナが強張っていると、眼の前に差し出されたものは今度は紙とペンではなく、小さな白い房状の花を沢山つけた一本の枝だった。

「庭に咲いていたから持ってきた。アカシアも好きだっただろう？」

甘い香りがクリスティナの鼻腔を満たす。眠りから覚める前に嗅いだのはこれだったのかと思った。

イシュトヴァーンの言う通り、この愛らしく薫り高い花は大好きだ。しかしどこか異様な空気を漂わせる彼から受け取ることは躊躇われた。こちらの葛藤が伝わったのか、イシュトヴァーンが苦く笑う。

「……もう、僕からの花は受け取ってもらえない？」

傷ついた様子にクリスティナの胸が痛む。そんなつもりはなく、ただ少し、動揺してどうすればいいのか戸惑ってしまっただけだ。焦って手を伸ばし、彼から枝を受け取る。ふわりと漂う甘い芳香に、泣きたくなるほど愛しい記憶が刺激された。

この可憐な花から上質な蜂蜜《はちみつ》が取れるのだと説明してくれたのはイシュトヴァーンだった。

一年の内のほんの数日を一緒に過ごした幼馴染との思い出は、花にまつわるものがとても多い。男性にしては植物に詳しい彼は、無知なクリスティナに色々なことを教えてくれた。博識な彼に憧れ、尊敬し、恋心を抱いたのは自然なことだと思う。

胸いっぱいにアカシアの香りを吸い込み、少しだけ気持ちが落ち着いてきた。余裕が生まれれば、これまで気づかなかったことにも意識が回り始める。クリスティナは、眠りに落ちる前にイシュトヴァーンの顔を引っ掻いてしまったことを思い出した。

「……ぁ」

「ん？　ああ、傷はすぐに治った。気にしないで大丈夫だ」

申し訳なさを視線にのせ、自分の頬に触れたことで彼には伝わったらしい。言いたいことを汲み取ってもらえた喜びは、思いの外大きかった。じっと眼を凝らしてみても、傷痕は残っておらずホッとする。

彼に怪我を負わせてしまった負い目から、クリスティナは深く頭を下げた。謝罪を口に出せない代わりに、俯いたまま眼を閉じる。すると無防備な頭に、ぽんぽんとイシュトヴァーンの手がのせられた。

「本当に気に病む必要はない。仮に傷が残ったとしても、僕は気にならないよ。別に見た目を損なって困る仕事でもないし」

地下牢で交わした緊迫感のある会話とは違い、穏やかな声音が耳を擽った。まるで八年ほど前に戻ったようだ。毎年遊びに来てくれていたイシュトヴァーンと過ごした日々が鮮やかによみがえる。頭を撫でるというさりげない仕草も、過去を思い起こさせるには充分だった。

「――そんなことよりも、ティナ。君の着替えを手伝った使用人が、背中に沢山の傷があると言っていた。……医師に診せたら、随分古いものもあって、塞がっているけれど痕は消えない可能性があるそうだ。……どういうこと？」

――見られた。

考えてみれば、着替えさせられたからには誰かの目に触れない方がおかしい。クリスティナの背中には、イザベラから受けた折檻の証拠が残っている。自分でも直接眼にしたことはないけれど、指で触れるとぼこぼこと歪な隆起があるので、きっと酷い有り様なのだろう。傷が治りきる前に打たれ続けてきたから、皮膚も硬くなってしまっていた。

誰にも知られたくなかった。特にイシュトヴァーンには。

醜《みにく》い姿を暴かれたことが悲しくて、クリスティナは自分の身体を抱いてますます俯いた。アカシアの香りを吸い込んで気持ちを落ち着けようにも、ざわつく胸は一向に治まってくれない。むしろ今は、濃厚な香りに息が詰まった。

「ティナの継母が、君には七年前から自傷癖があると言っていたが、嘘だろう？」

あの人なら、それくらい平気で嘘を吐くかもしれない。なさぬ仲の母娘関係を嘆く振りは堂に入ったものだろう。たいていの人なら騙されて、イザベラに同情するはずだ。その上、自らの身を傷つける行為こそ、魔女の証とでもこじつけるつもりではないか。

思い至った可能性に、吐き気が込み上げた。

張り巡らされた蜘蛛の巣にかかってしまった気分になる。どう足掻いても、クリスティナは逃げられない。暴れれば暴れるほど粘着質な糸が全身に絡みつく錯覚を起こした。

「ティナ……君は、虐待されているんじゃないのか？」

「……！」

これまで誰もその質問をしてくれなかった。父はまるで気がついてくれなかったし、セープ家の使用人たちは全員見て見ぬ振りをしていた。ただの一人も、いたぶられる姉弟を気にも留めてくれなかったのだ。

救いを求めればより酷いことになると叩きこまれ、沈黙することでしか生きてこられなかった辛さに初めて、イシュトヴァーンが手を差し伸べてくれた気がする。

――もしここで頷いて、助けてほしいと訴えたらどうなるだろう……

顎を引きかけたクリスティナは、けれどそれ以上動けなかった。重い鎖が身体中を戒めていて、呪いとなり指先まで支配している。恐怖という名の毒に蝕まれ、今も尚、どこかからイザベラに監視されている心地がした。

たとえこの場にいなくても、きっと見ているに決まっている。自分たちに味方などおらず、誰も彼も継母の側につくのだから。

「もしそうなら教えてほしい。必ず君を助けてみせるし、秘密にしたいのなら守るよ。ティナを痛めつけた者がいるなら代わりに僕が罰を与える。だから頼む。もしも上手く言葉が出ないのなら、無理はしなくていい。文字に書いてくれ。――ひょっとして、イザベラなのか？　頷いてくれるだけでもいいんだ」

「……っ」

髪を振り乱し否定を示すと、それまで暖かかった空気が途端に冷え込んだ気がした。不意に、日が落ちたかの如く影が差す。不審に思い顔を上げると、そこには一切の表情が抜け落ちた彼がいた。

「――……君はどれだけ言葉を尽くしても、僕を信じてはくれないのだね。そんなにも、僕が嫌い？　もしかして別の誰かを庇っているのかな」

庇う相手などいない。守りたいのはテオドルだけだ。だがそれを伝えることは難しかった。無為に首を振り続けるクリスティナは、まるで壊れてしまった玩具だ。いや、真実イザベラにとっては、自分など破壊して構わない遊び道具だったのだろう。

イシュトヴァーンの瞳の中で、翳りが濃さを増してゆく。つい先ほど抱いた違和感が再び頭をもたげた。

「僕はずっとティナに会いたかった。でも君は、違ったんだな」

嘘。

そんな見え透いた残酷な虚言を、何故ここで吐き出すのだろう。

クリスティナの中で、払拭できない彼への不信がどんどん大きくなっていった。いくらイシュトヴァーンを信じたくても、過去の一件がある限り、全面的に心を預けることができない。

せめて突然文通を断ち切った理由を述べるか謝ってくれたのなら、区切りをつけられただろう。どんな見え透いた言い訳でも、今の自分なら大喜びで飛びついたかもしれない。だが彼自ら交流を断った事実をまるでなかったことにする言い方に、クリスティナの胸には痛みと反発心が湧いた。

こちらだけが責められるのは、不本意だ。しかもわけも分からないまま同意なく故郷から引き離されてしまった。今すぐ帰らなくてはという焦りに、思考は塗り潰されてゆく。

――テオドルが、私の帰りを待っている……！

クリスティナは廊下に向かう扉へ視線を滑らせ、今度こそ外へ飛び出すためにもう一度足に力を込めた。だが。

「逃がさない。僕のもとにいるより、あんな扱いを受けた方がマシだなんて、絶対に許せない。――ひょっとしてテオドルを庇っているのか？　だったら正直に言ってくれ。魔女の烙印を押されてでも守りたい君の弟なら、僕にとっても同じくらい大切だ」

あ、と思った時には、クリスティナの身体はベッドに押し倒されていた。すぐさまイシュトヴァーンが覆い被さってきて、痩せた非力な腕では押し返すこともできない。

「――七年前も今も、僕は頼ることには値しない？」

呆然と見上げていると、青い瞳が細められていた。

「……否定も、してくれないのだな」

しないのではなく、できないのだという説明をすることも叶わなかった。ただパクパクと開閉しかできない唇を、彼の長い指が辿ってゆく。少し硬い指先が口内に侵入してくると、クリスティナは小さな呻きを漏らしていた。

「ほら。声が出ないわけではないようだね。僕と話す気になれないとしても、せめてもっと声を聞かせてくれ」

舌を押されながら言われているので、それは無理な相談だ。えずきそうになり、涙が滲む。するとイシュトヴァーンはクリスティナの目尻を丁寧に舐めた。

肉厚の舌が、こめかみや頬を生温かく愛撫する。普通に考えれば他人に顔を舐められるなんて不快感を抱いて当然なのに、相手が彼だと思うだけで鼓動が加速していた。高鳴る胸は甘苦しく締めつけられ、至近距離で見上げる美貌に惑乱する。

思わずクリスティナから漏れたのは、艶を帯びた吐息だった。

「……ふ、ぅ……っ」

恥ずかしい。どうしてこんないやらしい声が出てしまったのか、自分でも分からない。とにかくいたたまれず、自らの手で口を押さえようとしたが、その前に両手首を纏めて拘束されていた。

「ティナ、魔女は魔女の夜宴《サバト》で悪魔と淫らな行為に及ぶらしい。そして身体には異端の証明が刻まれているとか……だったら君が純潔で、かつどこにも印がなければ、魔女の疑いを晴らせるということだね」

「……え」

小さな声は、ほとんど音になりきらず激しい口づけに掻き消された。

牢獄の中で交わしたものより、もっと荒々しく熱烈に口内を探られる。唇を食まれ、舌を吸い上げられ、唾液を啜られてクリスティナは酸欠に喘いだ。

イシュトヴァーンにのしかかられた重みが辛くて身を捩っても、手首を拘束されたままではろくな抵抗ができない。必死に脚を動かしている内に、夜着の裾は大胆に捲れあがっていた。

「んっ、ふ、んんっ……」

何がどうしてこんな事態になったのか。クリスティナの認識では、つい昨日まで教会の地下牢に監禁されていたのだ。それが目覚めた瞬間別の場所にいて、しかもずっと好きだった人に組み敷かれている。

寝起きの頭には到底理解できない状況の変化に、混乱は増すばかりだった。

だいたい自分の知る限り、彼はこんな強引で乱暴な真似をする人ではなかった。女性を力ずくで連れ去り、意のままにしようとするなんて、とても信じられない。

七年の間に変わってしまったのかと思うと悲しい。それとも、もとから持っていた性質なのか。手紙でのやりとりでも、クリスティナは十五歳までのイシュトヴァーンしか知らない。あれ以降、彼がどんな人生を歩み、価値観を築いてきたのか、噂話程度の情報しか持っていなかった。

クリスティナが住む田舎町まで、彼が王都で華々しい活躍をしているとの噂が風に乗って流れてくるのは、数か月を要する。その間に尾ひれがついたり内容が変わってしまったりした話もあるだろう。それでも、数少ないイシュトヴァーンにまつわる噂を、クリスティナは全て大事に記憶の中に留めていた。

二度と会うことはないと諦めつつ、耳をそばだてずにはいられなかったのだ。届くことのない想いでも、消し去ることは不可能だったから。

「……っ、ぁ」

内腿に滑り込んだ手に際どい場所を撫でられて、喉が震えた。そこは、夫にのみ許すところだ。

柔らかな肉を味わうように、彼の指が肌へ沈み込む。得体の知れない疼きが下腹を走ったのは、その時だった。

「……っ？」

「ティナ……」

濡れた声で名前を呼ばれ、痺れが一層大きくなる。クリスティナは粟立った肌を摩る手の熱さに、のぼせそうになっていた。

「ひ、ぅ」

耳たぶを齧《かじ》られたかと思えば耳殻をしゃぶられ、搔痒《そうよう》感で首を竦めてしまう。すると彼のもう片方の手が鎖骨を通り過ぎ、クリスティナの乳房を下から掬い上げた。

「やっ……！」

嫌だとはっきり叫ばなかったのは、なけなしの理性が押し留めてくれたからだ。けれど両手が解放されていることにも気づけないほど、クリスティナは混乱の極致にあった。

こんな感覚は知らない。

ゾクゾクして擽ったいのに、体内がざわめいてやめてほしくないとも思っている。いやらしい真似をされている自覚はあっても、性に疎いせいで具体的に何をされているのかは、よく理解していなかった。

本来なら、十八歳という年齢は結婚に向けて準備をしている頃合いだ。母親や親戚の女性から手ほどきや説明を受け、夫になる人へ失礼がないよう、様々なことを学ぶ。その中には閨での振る舞いも含まれているはずだった。

けれどクリスティナにはそういったことをしてくれる人はおらず、自由な外出も制限されていたので、情報交換をする友人もいなかったのだ。

だから頭の中にある知識は、屋敷の中にある本から得たもののみ。領内の子供の方が、もっと赤裸々な知識を蓄えているかもしれない。

無垢すぎるクリスティナは服を脱がされることさえ、予想外の展開だった。

「……！」

被るだけだった夜着を頭から抜き取られ、下着も奪われてしまう。一糸纏わぬ自分の肢体を、イシュトヴァーンの青い双眸が凝視していた。身体に穴が開かないのが不思議なほどの鋭い眼差しに、羞恥と怯えが入り交じる。『隠さねば』とだけ意識が働き、クリスティナは隙をついてくるりと反転した。

「……っ、これは」

驚きの声を上げた彼の様子に、自身の失敗を悟った。あまりに恥ずかしくて見られたくない気持ちが先走り、クリスティナは自らイシュトヴァーンに背中を向けてしまったのだ。

羞恥とは違う理由で、とても見せられないと思っていた背中の傷。何度も鞭打たれ破れた皮膚が盛り上がり、さぞかしみっともない傷痕に成り果てているだろう。

もう治っているはずの場所が、急激に熱と痛みを孕んだ気がした。

——でも、流石《さすが》にこんな醜いものを眼にすれば、イシュトヴァーン様も正気になるわ……。

彼ほどの人が、傷のある田舎娘に手を出す理由は見当たらない。一時の激情で押し倒しはしたが、戸惑っているのが如実《にょじつ》に伝わってきて辛かった。たとえ使用人から報告を受けていても、実際に眼にする前はこれほど酷いとは考えていなかったのかもしれない。

クリスティナは涙を堪え、イシュトヴァーンの身体の下から抜け出そうともがいた。けれど――

「……可哀想に……まだ痛む？　触れても大丈夫かい？」

触れるか触れないかギリギリの繊細さで、この上なく優しくなぞられた。

クリスティナが答えられずに硬直していると、今度は指より柔らかなものが押し当てられる。彼の唇だと分かったのは、先ほど散々その感触を教え込まれたからだ。尖らせた舌先が、傷の一つ一つを丁寧に辿る。まるで全ての痕跡を癒やそうとするように、ゆっくり、しかし確実に。

「……っ、ん」

漏れ出る声はシーツに顔を埋めて堪えた。そうでもしなければ、意思とは無関係に言葉が飛び出てしまいそうで恐ろしい。制御できないクリスティナの身体は、勝手にビクビクと肩を震わせていた。

背中全体が燃え上がりそうなほど熱い。だが、鞭打たれた直後の焼ける痛みとはまったく違う。もっとむず痒《がゆ》くて別の何かが掻き立てられる衝動だった。

無意識に身体をくねらせたせいで、敷布からクリスティナの身体が浮き、その隙間にイシュトヴァーンの手が忍びこむ。決して大きくはない慎ましい胸を揉《も》まれ、驚愕でこぼれそうになった声をシーツに沁み込ませた。

だがそれが気に入らなかったのか、後ろから彼に顎を捕らえられ、強引に顔を上げさせられてしまう。あまつさえ口の中に親指を捻じ込まれ、歯を噛み締めることもできなくなった。

「う、ふ……んっ」

「ティナ、どうすれば君の可愛らしい声をもう一度聞かせてくれる？　黙っていられないようにすればいいのかな。話がしたくないのならせめて、声だけでも聞かせてほしい」

それは自分にとって恐怖でしかない。一度『声』を発してしまえば、なし崩しに喋ってしまいそうなのに、あまりに酷い。クリスティナにとっては約束を破らせようとする彼こそが、悪魔に等しかった。

けれど数えきれないほど沢山のキスを背中に落とされ、労わりの滲む手に撫でられて、全身から力が抜けてゆく。肩やうなじ、腰にも口づけられ、思考力は奪われていった。

「うく……っ」

胸の頂《いただき》を摘まれた瞬間、ひときわ大きな刺激がクリスティナの全身を貫いた。ピリピリとして、同時に腹の奥が煮え滾《たぎ》る。懸命に声は堪えたが、代わりに四肢が戦慄いてしまった。

「正直で可愛いな、ティナは。口では何も言ってくれなくても、身体は愛らしく反応を示してくれる」

二本の指で擦り合わされた胸の飾りが、どんどん硬く芯を持つ。すると余計に摘まみやすくなるのか、彼は大胆にそこを弄り始めた。

「っ、ぅ、アッ」

「魔女の証はほくろや痣《あざ》、それに珍しい傷痕らしい。そんなもの、たいていの人間なら持っている。何の証拠にもならない馬鹿げた迷信だ。それでも信じる輩《やから》がいるのなら、他の人間も納得するように、僕が隅々まで君の身体を調べてあげる」

クリスティナがひときわ高く鳴いたことに気をよくしたのか、イシュトヴァーンは念入りに乳房をいたぶりつつ背中の傷に舌を這わせた。

「一説によると、印には感覚がないらしい。だから針で刺しても血が出ないし痛みも感じないと言われている。でもティナの背中の傷は、随分敏感だね。こうして舐めていると、どんどん薄紅色に染まってとても綺麗だ」

綺麗なわけがない。お世辞にしても、信憑性はまるでなかった。

だが、温かな舌で擽られると、どうしようもなく疼くのは本当だった。傷痕は硬く盛り上がり感覚が鈍っていると思っていたのに、彼に触れられると堪らない心地になる。こぼれそうになる声を我慢するのに必死で、クリスティナの頬は真っ赤に熟れていった。

朱が走った耳は、イシュトヴァーンからも丸見えだろう。耳朶《じだ》に歯を立てられ、悲鳴が漏れる。『もうやめて』と叫びそうになり、クリスティナは涙目で後ろを振り返った。

「知っていた？　君の耳にほくろがあること。でもこれは魔女の証拠ではない。だって昔からあるものだと、僕が証言できる。勿論、背中の傷も違う。じゃあ、ここはどうかな？」

まさか全身の痣やほくろ、それに傷痕を舐めて確かめるつもりなのか。とんでもない可能性に、クリスティナは慌てて逃げを打つ。四つん這いになって彼の下から出ようとするが、乳房と腰をがっちりと摑まれていては、不可能だった。

すぐに逞《たくま》しい腕に抱きこまれ、罰とばかりにイシュトヴァーンの手が艶めかしく下腹を撫でてくる。

「前もきちんと確認しないといけないな」

「っ……！」

ひっくり返されて、再び仰向けの体勢にされた。先刻とは比べものにならないほど色づいた乳首をしげしげと見つめられ、クリスティナの頭が沸騰《ふっとう》する。

汗ばんだ肌は、自分でも信じられないほどいやらしかった。

「ああ、こんなところにもあった」

「ふ、ぁっあ」

ちゅうっと吸い付かれたのは、臍《へそ》の下。淡い繁みのすぐ上の、際どい場所だ。あとほんの少し下にさがれば、最も恥ずかしい不浄の園を掠めてしまう。強めに吸われ、刹那の痛みが走った。

「ん、ぅっ」

「痛い？　ではここも魔女の証ではないね」

ひくりと波打ったクリスティナの腹を、イシュトヴァーンが愛おしげに撫でた。首を起こして見てみれば、ほくろの上から赤い痕が刻まれている。まるで花弁めいた痣は、妙に背徳的で艶めかしかった。

「ティナは肌が白いから、赤がよく映える。――ああ、こっちはまるでサクランボだ」

「ふ、んんっ？」

慎ましい胸を大きな掌で包みこまれ、熟れた頂を摩擦される。指で捏ねられるのも気持ちが良かったが、もどかしく擦られるのも新たな快感を呼び起こした。ましてこうして向かい合い、お互いの顔が見えていることが、余計にクリスティナの興奮を煽《あお》る。羞恥のあまり眼を逸らそうとしても、口づけが許してくれなかった。

「ほら、見て。こんなに赤く色づいて、美味しそうだ」

「……く、ぅ」

食べ物ではないと言いたいのに、現実のクリスティナには自らの口を押さえることしかできなかった。おかしなことを口走らないよう懸命に意識を逸らそうとするが、彼に触れられていると何も考えられなくなってくる。今はまだぎりぎり耐えられるが、いつ何時言葉が溢れてしまうか油断できず恐ろしかった。

全身のあちこちに火を灯され、熱くて仕方ない。うねる熱は出口を求めてクリスティナの体内を暴れまわっている。無意識に両脚を擦り合わせれば、彼は嬉しそうに喉奥で笑った。

「まだ確認していないところがあるから、もう少し我慢して」

我慢していれば、この甘い責め苦から解放されるのだろうか。

クリスティナは間違えて何か言ってしまわないよう、息を吸うのも慎重になり肌を震わせた。喉を通過する呼気が、声帯を震わせる。悲鳴じみた掠れた音が酷く淫猥で、涙が滲んだ。

「ティナ、どんな君でも可愛いけれど、できれば泣かないでほしい。辛くなるのと同じくらい……興奮で頭がおかしくなりそうになる。――――僕は自分の中にこんな加虐心があるなんて知らなかった」

どこまでも優しい印象しかなかった子供時代とはまったく違う飢えた眼差しで見つめられ、クリスティナの喉が干上がる。イシュトヴァーンのこんな表情は知らない。欲情と渇望を露にした男の眼が、危険な光を映していた。

「……だ、」

駄目というたった一言も伝えられず、拒絶の意思も態度で示すより他になかった。けれど上手く力が入らないクリスティナの身体は、申し訳程度の抵抗しかしてくれない。役立たずの手は彼を押し返すことも、叩くこともしない。脚は蹴《け》り上げるどころか弛緩《しかん》したままだ。

まるで、悪魔に魅入られ、自分のものではなくなってしまったようだった。

「ふ……っ、ん、ぁっ」

イシュトヴァーンがクリスティナの胸の飾りを舌で転がし、残る片方を揉みしだく。二つの異なる刺激を加えられ、体温はますます上がっていった。彼の髪が肌を滑り、吐息で湿る。ぞわぞわとした疼きが蔓延《まんえん》し、淫らな声が抑えきれなくなるのに時間はかからなかった。

「……ひ、んっ……んぁっ」

「甘い」

乳房の頂点で主張する果実を舌先で突かれ弾かれる。歯で甘噛みされると、本当に咀嚼されている気分になった。彼がわざと音を立てながら唾液を塗《まぶ》すから、余計に卑猥さが突きつけられる。クリスティナがいくら髪を振り乱してやめてほしいと態度で訴えても、まるで伝わらなかった。いや、理解しているからこそ、執拗に責め立てているのかもしれない。

実際、大きな反応をしてしまった箇所を、殊更丹念に舐められ、吸われ、揉み解されるのだ。快楽は治まるどころかどんどん大きくなるばかり。生まれて初めての感覚をどう処理すればいいのか分からない辛さから、クリスティナはボロボロと泣き出していた。

「ぅ、ひ……いっ……」

「君は泣き顔も可愛いね、ティナ。昔は泣かせたいなんて思ったこともなかったのに、どうしてかな。今はとても心地いいよ。少なくともこの瞬間、ティナの眼に映っているのも、頭を占めているのも僕だけだから」

「ひぁッ」

膝を割り開かれ、これまでになく大きな悲鳴を上げてしまった。何ものにも守られていないそこが、イシュトヴァーンの眼前に晒されている。これまで、自分自身だって直接目にしたことはない。そんな必要も感じなかったし、男性の前で開脚するなんて考えたこともなかったからだ。

他人に見せる場所では絶対にない。秘めておくべき不浄の場所。そこを思いきり見られている現実に、いっそ意識を手放してしまいたかった。

「ああ、とても綺麗だ。日の光が当たって、ティナの蜜がキラキラしている」

「……！」

言われて初めて、部屋の中にとても明るく眩しいほどの日差しが差し込んでいることに思い至った。暗闇の中ならまだしも、これでは全部が丸見えだ。物語の中の夫婦や恋人同士だって睦み合うのは夜の帳が下りてからで、昼間淫らな行為に耽ることは罪悪だと教えられているのに。

「っ、ぅうっ」

「暴れないで、ティナ。ここも念入りに魔女の証がないか確認しないと……内側に隠されている場合もあると、書物に書いてあったからね」

内側の意味が分からず、ほんの一瞬動きを止めてしまったことがクリスティナの過ちだった。次の瞬間、割れ目に沿って添えられた二本の指が開かれて、あり得ない場所に空気の流れを感じる。

「……!!」

ぶわりと全身に汗が浮く。ぴったりと閉じていた処女地を割り開かれていた。太腿は逞しい腕に拘束されていて、脚を閉じることは叶わない。尻が敷布から浮き上がった不安定な体勢で、クリスティナは最も恥ずかしいところをイシュトヴァーンに検分されていた。

「ふ、んんっ」

「花よりも香《かぐわ》しく可憐だ」

全力で身を捩っても一向に抜け出せない腕の檻の中、彼の顔がクリスティナの脚の付け根へと寄せられる。涙を振り払い死に物狂いで抗ったが、時間稼ぎにさえならなかった。

「んーっ」

先ほどまで散々背中の傷や胸を舐めていたイシュトヴァーンの舌が、開かれてしまったあわいに伸ばされる。

汚いからやめて、とこれほど叫びたかった時はない。だがあまりの衝撃に、もはやまともな言葉は出てこなかった。

とっくに許容量を超えてしまい、頭の中が真っ白になったクリスティナには、獣じみた唸りを発するのが精一杯で、制止の言葉など思いつかなかったのだ。

「ぐ、んっ、んんっ」

ぴちゃりと鳴った水音は、幻聴であったと信じたい。粘着質で卑猥な音が、自分の身体から奏でられたなんて絶対に嘘だ。人体で一番穢《けが》れた場所を、何もかもが美しい彼に舐められているなんて、悪夢にしても酷すぎる。

現実逃避しかけたクリスティナは、もしかしたら自分は今もあの地下牢で横たわっているのではないかと思った。

劣悪な環境から逃れたくて、こんなありもしない夢を見ているのだ。淫靡すぎるのは、異常な状態に長く置かれていたから、均衡を崩した精神が見せる幻に踊らされているだけのこと。きっとこの試練を耐えきれば、テオドルの待つ家に帰ることができる。

そう空想の翼を広げた時、下肢から脳天に快感が突き抜けていった。

「ん、ぁああっ」

跳ね上げた腰は、まるで自ら彼に押しつけているみたいだ。いやらしくねだり、誘惑し、相手を堕落に誘うために。

——違う。私は、そんなふしだらで魔女みたいな真似はしない……！

搔き集めた理性で、それ以上嬌声を上げることは耐えられた。けれど隘路《あいろ》に舌を捻じ込まれ、イシュトヴァーンの高い鼻梁に敏感な芽を押し潰されると、再び声が漏れ出そうになってくる。

胸を弄られた時も感じてしまったが、その比ではない。

これまで意識したこともないところで、柔らかなものが蠢いている。内壁を往復し押し広げられる度、腹の奥が煮え滾ってゆく。際限なく上がる体温によって、全身が燃え上がりそうになった。

「ぐ、ぅっ……んーっ……」

気持ちがいい。怖い。おかしくなる。

やめての一言が言えない分、余計に愉悦の逃がし方が分からず、身の内から湧き上がる淫蕩《いんとう》な嵐に翻弄され、クリスティナは幾度も痙攣《けいれん》していた。

どんなに手で口を押さえても、溢れ出す声を止められない。それどころか自らの掠れた呻きにも興奮が煽られてしまう。限界まで我慢して尚、溢れた嬌声は、紛れもなく艶めき、女の色香に染まっていた。

「ふっ……んんッ……ぅーっ」

「ここまでしても、叫びや喘ぎさえ耐えようとするのか……あまり頑なだと、声を代償にした呪いをかけようとしていると勘違いされかねないのに？　迷信深い者なら、魔女の証だと騒ぎ立てるだろう。――そこまでするからには誰かと約束でもしているのか？」

「ん、ァっ」

半分正解で半分間違いだ。

約束は交わしているけれど、それは魔女の疑いを晴らすため。だからこそクリスティナは唇を噛み締めて返答を拒否した。だが淫芽を吸われ、生まれて初めての絶頂に飛ばされる。

「ぁああっ」

「身体は雄弁なのに。ほら、こんなに蜜をこぼして僕を歓迎してくれている」

イシュトヴァーンが見せつけてきた指は、透明の液体に塗れ酷く淫猥だった。しかも思わせ振りに開いた二本の指の間に糸の橋が架かる。濡れ光る指先へ這わされる彼の舌。舐めとられる滴は、紛れもなく自分がこぼしたものだ。そのあまりにもふしだらな光景から、クリスティナは眼が離せなかった。

「……ゃ」

「甘い」

そんなはずはない。困惑のままイシュトヴァーンを見つめると、彼は嫣然《えんぜん》と微笑みを返してきた。

「……僕を信じて救いを求めてくれ。そうすればどんな手を使ってもティナを守ってみせる。心因性の失語症なら、話さずとも他の方法で伝えられるだろう？　僕はなんとしても君から答えを引き出してみせるよ」

「……っく」

経緯を説明できないクリスティナにとっては、イシュトヴァーンの宣言は恐怖であり、迷惑としか思えなかった。沈黙の誓いは自分自身のためで、誰かに強制されたものではないのだ。少なくともクリスティナはそう信じている。反抗的にならざるを得ないクリスティナの態度を、いったい誰が責められるだろう。

誰を、何を信じればいいのか見極められない中、これでも懸命に戦っている。乏《とぼ》しい情報が判断を狂わせているとしても、か細い希望に縋りつくしかない。たとえ選んだ道が、過ちであったとしても。

「ん、はぁっ……」

再び股座《またぐら》に彼が顔を埋め、花芯を舌先で転がしてきた。クリスティナの隘路にはイシュトヴァーンの指が沈められてゆく。浅い部分を丹念に解され、違和感に慄《おのの》きながらも快楽を拾ってしまった。

無垢な粘膜が、生まれて初めて異物を呑みこみ打ち震えている。舌よりも硬く長い指は、じっくり時間をかけながら奥へと進んできた。ただ内側を撫でられているだけなのに、何故これほど喜悦を覚えてしまうのか。

曲げた指先で内壁を摩擦され、剝き出しになった蕾《つぼみ》をしゃぶられる。二点同時に与えられる悦びにクリスティナは屈服しかかっていた。それでも最後の一線は越えまいと口を塞いだ手に力を込める。

溢れる蜜が敷布を濡らし、いつの間にか二本に増やされた彼の指の動きを滑らかにしていた。入り口付近からより奥へ。探られる濡れ襞が歓喜して、愛液が呼応して溢れ出す。耳に届く水音はどんどん大きくなって、クリスティナの鼓膜を犯していった。

「ひ、ぅっ……ぁ、あっ」

「君の喘ぐ声はとても慎ましくてそそられるけれど、もっと大胆になってもらいたいな。ほら、気持ちがいいって示してごらん？」

非情な誘惑は、なけなしの理性で首を左右に振って突っぱねた。どれほど命じられても、脅されても、それだけはできない。最後の砦を守るべく、クリスティナは貝のように口を閉ざす。だが溢れる喘ぎを完全に殺すことは不可能だった。

意識も、感覚も、肉体も、何もかもが蕩《とろ》けてゆく。ぐずぐずに溶かされて、クリスティナは自らの指に歯を立てた。

痛みに集中していれば少しは気が紛れる。愉悦の波に溺れかけ、正気を手繰り寄せた。白く霞む脳裏に描くのは、愛しい弟の姿。自分が帰らなければ、いったい誰がテオドルを継母から守ってくれるのか。

しかし僅かな抵抗も許さないとばかりにクリスティナの手は口元から引き剝がされてしまった。

「……気に入らないな。まだ他のことを考える余裕があるのか。――いったい誰を、この僕より信じている?」

欲情を双眸に滾らせながら、イシュトヴァーンの瞳には危険な色も滲んでいた。揺らめく怒気が伝わってきて、慣れないクリスティナを怯えさせる。せめて唇の形で弟の名を告げようかとも思ったが、おそらくそれは違反になるだろう。いくら声にのせなくても、身振り手振りの範疇《はんちゅう》を越えている。

無意識に眼を逸らした刹那、彼に顎を押さえられていた。

「こっちを見て、ティナ」

優しい声音で吐かれた抗えない命令に、指先が冷える。揺れる視界の中、冷酷さを剝き出しにしたイシュトヴァーンが瞳を細めた。

「よそ見は許さない。魔女だなんて前時代的なものを僕は信じていないけれど、こうも気持ちを搔き乱されると、君は本当に人ならざるものと契約したんじゃないかって疑いたくなるな……。でもティナが誘ってくれるなら、僕は喜んで堕落する。仮に君が真実魔女だとしても、僕はちっとも気にしないよ」

重ねられた唇は、不穏な言葉に反してどこまでも優しかった。

舌先で乞われ、クリスティナは引き結んでいた唇から思わず力を抜く。開いた隙間から忍びこんだ彼の舌は、柔らかにこちらの舌を誘い出した。

「……ふ」

くらくらする。絡まり合う感触と唾液の音。彼の味。混じり合う乱れた吐息。

近すぎる距離が生々しくイシュトヴァーンの存在を伝えてきた。下肢に押し当てられる硬いものさえもはっきり分かり、クリスティナは潤む瞳を瞬いた。

「んっ、ぅ、う」

牢獄で口づけられた時よりも荒々しさがないからか、それとも多少は慣れたからなのか、息を継ぐ機会を窺うことはできる。途切れながらも息を吸えば、頭を撫でられて褒められている心地がした。

髪を梳く彼の温もりが気持ちいい。忙しく、子供と積極的に関わろうとしない父からは与えられなかったもの。イザベラには最初から望むべくもなかったもの。生母が亡くなってから諦めていた労わりの気持ちを注がれ、強張っていたクリスティナの身体は喜びに打ち震えた。

心が乱れ、固く築いていた砦が崩れる。

その瞬間を彼が見逃すはずはなかった。

「っあぁッ」

隘路の奥、腹側の一点を指で擦られ眼前に光が散った。これまでより圧倒的な淫悦に襲われ、クリスティナの爪先が丸まる。跳ね上がった腰がビクビクと痙攣した。

「ああ、見つけた」

うっそりと微笑むイシュトヴァーンが赤い舌で口の端を舐める仕草が艶めかしい。凄絶な色香に当てられ、クリスティナの思考力はますます鈍麻した。

呼吸が落ち着かない内に両脚を抱え直され、大きく左右に開かれる。恥ずかしい場所を全開にされても、もはや抗う余力は残っていなかった。

ただ暴れる心臓が煩くて、胸を上下させるのが精一杯。苦しく喘ぐ唇は開きっ放しになり、端からこぼれた唾液を拭う余裕もなかった。

「ティナ、今から僕が、君が魔女じゃないことを証明してあげる。そうすれば、心置きなく僕のものになってくれるだろう？」

脚の付け根に硬い何かが擦りつけられた。本能的に危険を察知してクリスティナが視線を巡らせると、彼が服を脱ぎ捨てている。

初めて見る大人の異性の裸体に、息を呑んだ。

女性とはまったく違う鋭角的な線。逞しい腕の筋肉に、厚い胸板。割れた腹筋は見事な造形で、長く形のいい脚へと続いている。クリスティナは彫刻のように均整の取れた体軀に見惚れ、そして隆々とそびえ立つ剛直に度肝を抜かれた。

端整な容姿に鍛え上げられた美しい身体を持つイシュトヴァーンからは想像もつかないほど恐ろしげなものが、天に向かって勃《た》ちあがっている。あまりにも醜悪で卑猥な形状に、見てはいけないものだと咄嗟に思った。

「ぁ……」

「初々しい反応だね。魔女であれば、見慣れているだろうに。魔女たちは夜ごとサバトで悪魔と交わるのだろう？　ああそれとも、悪しきものは違う形状を持っているのかな」

もうクリスティナが純潔であることなど察しているだろうに、意地悪く囁いてくる彼が憎らしい。その吐息交じりの声に理性を掻き乱される自分自身も嫌だった。

媚薬めいたイシュトヴァーンの声に惑わされ、逃げなくてはいけないと頭のどこかが叫んでいるのに動けない。オロオロと視線をさまよわせ、情けなく迷っているだけ。立て続けに快楽を叩きこまれたクリスティナの身体は、まるで自由にならなかった。

できるのは、視線で拒絶を訴えることのみ。未婚の男女が越えてはいけない一線を彼に思い出してもらうため、瞳に懇願を滲ませた。

「怖い？　だけど残念だね。昔の僕ならまだしも、今の僕には通用しないよ。むしろもっと怯えてくれたらいいとさえ思っている。だってそうすれば、もう二度とティナは僕を『いないもの』として扱えなくなる。自分の処女を奪った男を、人生から締め出すことはできないだろう?」

——締め出したのは、貴方の方じゃない。

理不尽だ。

それなのに怒りより別の何かに支配される。男女の機微にも、性的なことにも疎いクリスティナには、自分の抱える感情の複雑さが判然としなかった。名前の付けられない想いが沈殿し、苦しくて仕方ない。

責めたいのか縋りたいのかも分からないまま、イシュトヴァーンを見上げていた。

「無視するくらいなら、いっそ恨んでくれ」

「ふ、アっ」

彼の屹立が淫裂を嬲《なぶ》り、その上にある快楽の蕾を弾く。鮮烈な快感に、新たな汗が全身に浮かんだ。

にちにちと捏ね回される度、意識が飛びそうになる。漏れ出る声はクリスティナの意思を裏切り、すっかり発情した女のものになっていた。

「んぅっ……ぁ、あっんん……ッ」

張り出した笠の部分に花芽を引っかけられると、勝手に腰がうねってしまう。そんな痴態をつぶさに見られていることがまた、愉悦を生んだ。

火傷しそうなほど熱い眼差しに炙《あぶ》られ、クリスティナの全身が火照《ほて》っている。舌なめずりをする男から滴る色香に、完全に当てられてしまった。

膝裏を抱えられ、のしかかられてしまえばもう動けない。秘裂を嬲っていた切っ先が泥濘《ぬかるみ》に沈んでも、逃げる術はとうに失われていた。

「っく……んっ、ぅうっ」

身体を引き裂かれるかと思うほどの激痛に苛まれ、クリスティナは眼を見開いた。あまりの痛みに、感じていた快楽は霧散してしまう。到底大きさが合わないと思われる質量が、隘路に埋められてゆく。内壁は限界まで引き伸ばされ、指と舌しか受け入れたことがない媚肉は、突然の暴挙に悲鳴を上げていた。

「……っ、力を抜いて、ティナ」

力の抜き方なんて分からない。指先まで強張って、呼吸の方法も忘れてしまったのだ。痛くて苦しくて漏れかけた悲鳴は掠れた音になっていた。助けを求めようにも、今眼の前にいるのは自分を苛んでいる当事者だ。

シーツに張りつけられた両手を握り締め、クリスティナは歯を食いしばった。

なんとしても言葉だけは発してはならない。全身全霊で喉を律する。しかしそんなクリスティナの努力を嘲笑うように、イシュトヴァーンが腰を進めてきた。

か。

「……っ」

無防備な蜜洞を硬いもので割り裂かれて、痛苦が増大する。太い幹によって入り口はこれ以上は無理なほど大きく広げられていた。裂けないのが不思議なほどで、辛くて堪らない。世の女性は、皆こんな責め苦に耐えているのか。それとも自分だけ我慢が足りないのか。

答えなど聞けるはずもない問いが頭の中を駆け巡る。いっそ意識を手放せたら楽なのに、のしかかる彼が許してくれなかった。

「ティナ……誰が君を抱いているのか、ちゃんと見て」

「んぁっ」

敏感な花芯を摘まれ、遠のきかけていた意識が呼び戻される。消えたと思っていた淫悦の埋火《うずみび》が、燃料を得て再燃した。

「あ、あ、あんっ」

「慣れない内は、こちらで快楽を得ればいい。だからどうせならもっと可愛らしく鳴いて、ティナ。僕は君の泣き顔も好きだけど、快感に戸惑い溺れる姿の方が興奮するみたいだ」

膨れた秘豆を指先で転がされ、痛みで冷えていた指先に体温が戻ってゆく。傷ついた肉洞は相変わらず痛みを訴えていたが、巧みに花芽を弄ばれると意識はそちらに傾いていった。

「可愛い」

口先だけだと思うのに、イシュトヴァーンの言葉に胸が高鳴る。心と連動する身体は正直に、内側にいる彼を締めつけていた。

「駄目だよ、いけない子だな……ティナ。そんなにされたら、奥に行きつく前に達してしまいそうだ。せっかく君を手に入れられるのに、そんな無様な真似はしたくない」

小刻みに前後する熱杭が、少しずつ埋められてゆく。串刺しにされる痛みは、秘芽に与えられる愉悦に上書きされていった。彼から滴る汗が降り注ぎ、顔を顰《しか》めていても変わらない美しさに眼を奪われる。

悔しいけれど、見惚れずにはいられない。どんな理由であれクリスティナを求めるイシュトヴァーンの姿に喜びを感じ、官能を煽られているのは事実だった。

自分を喰らおうとする雄に組み敷かれ、望まれている。こんなにも赤裸々に欲されたことなど一度もない。まっすぐに向けられる眼差しに射貫かれて、瞬きもできなかった。

「……ッ、く、ぁ」

「辛かったら、僕に爪を立てても構わない」

頭上に張りつけられていた両手を彼の背中に導かれ、上半身が密着する。裸の肌が重なり合うと、この上なく安心した。他者の体温に包みこまれ、イシュトヴァーンの香りを胸いっぱいに吸い込む。内も外も彼で満たされると、何故かクリスティナは無性に泣きたくなった。

「ティナ……」

もっと名前を呼んで。

言えない言葉の代わりに縋りつく。本当は自分だって彼の名前を呼びたかった。再会してから一度も声に出せていない愛しい人の名を、心の中でだけ繰り返し、クリスティナは痛みに耐える。

ぎちぎちと引き攣《つ》れる隘路がもう無理だと訴えても、イシュトヴァーンは止まってくれない。あの長大なものが収まるとはとても思えなかったけれど、互いの腰が隙間なく重なり合ったことで、クリスティナは彼の楔を全て呑みこんだことを悟った。

「……はっ……」

「ティナ……君の中に僕がいるのが分かる？」

ズキズキとした鈍痛が、腹の中にイシュトヴァーンがいることを教えてくれた。先ほどよりはマシになったとは言え、やはり苦しい。内臓が圧迫され傷口を抉《えぐ》られているみたいだ。どうにか息を吐き出すと、彼が額にキスをしてくれた。

「これで君は完全に僕のものだ」

陶然と微笑むイシュトヴァーンも息を荒らげ、苦しげに顔を顰めている。乱打する心音は、一つになったせいでどちらのものか分からなかった。だが彼もまた辛いのかと思い、クリスティナは手を伸ばした。

イシュトヴァーンの頬に触れ、流れ落ちる汗を拭う。切なく細められた彼の瞳を見て感じるこの心痛は、いったい何なのだろう。感情を持て余し、どういう表情をすればいいのかが決められない。結局クリスティナは曖昧に唇を歪めることしかできなかった。

「――後悔しても、遅い」

クリスティナの手を取り、掌に唇を押しつけた彼が独り言つ。

後悔――しているのだろうか。でも何に？　それさえも霧の向こうに霞んでいた。

父が再婚し、イシュトヴァーンからの便りが途絶えて以来、感じることや考えることをずっと放棄してきたせいで、自分の心が干からびていることは自覚している。だから己の心情の動きが理解できないのかもしれない。情けないけれど、そうしなければ辛すぎる日々を生き抜いては来られなかったのだ。テオドルを守るため強くなるのは、クリスティナにとって自分を殺すことと同義だった。

「もう、二度と逃がしてあげられないよ――」

無言を押し通すクリスティナに焦れたのか、イシュトヴァーンが陰鬱に瞼を伏せた。長い睫毛が作る陰影に、何か選択を間違えたことを悟る。けれど言葉を持たないクリスティナにはできることが何もなかった。

「動くよ」

「……っ、ぅ、ぐ」

腰を動かされると、先ほどよりマシにはなっていたが、それでも痛い。

蜜路を擦られる痛みに慄けば、キスの雨が降ってくる。頬に。額に。唇に。

あちこちに彼の唇が触れる度、不思議と痛みが消えてゆく。辛いことよりも自分の体内にイシュトヴァーンがいるという事実が、クリスティナの胸を占めていた。

「ああ、君は間違いなく純潔だったね。これで魔女ではないと証明された」

結合部から流れる血を掬い取り、彼が恍惚の表情で呟く。そのまま赤く染まった指先を舐めるのを、クリスティナは愕然として見つめた。

「なっ……？」

「僕が証人だ」

馬鹿げていると言い放ちたくても、喉につかえて出てこない。無意味に開閉する唇に、イシュトヴァーンの指が添えられた。そのままゆっくりと横に線を描き、柔らかさを確かめながら、くるりと一周する。

「ティナ、君の声が聞きたいよ」

くしゃりと歪んだ彼の表情に胸が塞がった。一瞬肉体の痛みを凌駕して、心が軋む。本当に心から乞われているのではないかと思うほど、切実な響きだった。

彼のこんな顔は知らない。イシュトヴァーンは子供の頃から大人びていて、礼儀正しく理想的な王子様だったからだ。同年代の男の子からは感じられない余裕や落ち着きを常に纏っていた彼には、弱さなど最初からないのだとさえ思っていた。

特別な人だから、いつだって光の下で背筋を伸ばしていた印象しかない。弱々しい様など想像もしたことがなかったのだ。

今にも泣き出しそうに揺れたイシュトヴァーンの瞳はしかし、瞬きの間に冷静さを取り戻していた。

「……与えられないなら、奪うまでだ」

「んぅっ」

突然荒々しく変わった動きに翻弄され、上下に視界が振れた。ガクガクと揺さぶられ、クリスティナは激痛の嵐に叩きこまれる。いくら慣れつつあったといっても、まだ男性を受け入れることには慣れていない。未熟な隘路は、激しくされれば苦痛しか感じられず、涙が滲んだ。

「ティナ、君が優しくしてほしいと要求してくれたら、僕はいくらでも甘やかしてあげるよ」

だからどうか意思表示をしてくれと幻聴が聞こえた。

鋭く突き上げられて、クリスティナは声にならない悲鳴を迸らせる。真上から叩きこまれる律動に、いやらしい水音が掻き鳴らされた。肌を打つ打擲《ちょうちゃく》音も交じり、室内には淫靡な匂いが充満する。

軋むベッドの音は、まるでクリスティナの鳴き声だった。

身体の奥を抉られて、まともに息も吸えない。突かれる度に健気な濡れ襞はイシュトヴァーンの剛直に絡みついていた。

腰を引かれれば『行かないで』と追い縋り、押し込まれれば柔らかに誘い込む。次第に痛みより快楽を拾い出したのは、彼が乱暴なだけではなくクリスティナの愉悦を引き出してくれたからだろう。

花芯を指で転がされ、乳頭を舐められれば、消えていた喜悦が戻ってくる。愛蜜が新たに溢れ出し、硬かった肉洞はイシュトヴァーンの形に馴染み始めていた。

「……ぁ、うっ……んんっ」

「中がうねっているのが分かる？」

そんなこと、知らない。性的な知識など皆無に等しいクリスティナには、覚えたての絶頂が近づいてくる予感しかなかった。

大きな波が訪れようとしている。一度味わってしまえば忘れられなくなるという麻薬のような甘美な快楽が、すぐ眼の前に迫っていた。

穿《うが》たれると胎内《たいない》が歓喜に震え、擦られた花芽から鮮烈な快感が幾度も弾ける。いくら喉奥に力を込めてクリスティナが声を抑えようとしても、もはや無理だった。苦痛より、快

楽の方が人は声を堪えることが困難らしい。それとも長い間継母からの暴力に耐え続けた自分だから、そう思うのか。

突かれ押し出されて嬌声が漏れ出る。指先まで痺れが広がってゆき、視界が白み始めた。

「っぁ、あ……ぁああっ」

「ティナっ……」

彼の楔が質量を増す。限界だった蜜路を更にいっぱいに満たされる。内壁全体を擦り上げられ、クリスティナの意識が飽和した。

「あぁぁっ……」

「っ……」

腹の中に熱い迸りが広がり、息を詰めたイシュトヴァーンに抱きしめられた。隙間なく肌が密着しているせいで、お互いの鼓動が重なる。汗まみれの身体は熱く、発熱しているみたいだ。このまま溶け合わないことが不思議なほど二人とも全身が滾っていた。

――いっそドロドロに溶けて一つのものになってしまえばいい……

そうすれば、余計なことを思い悩まずに済む。『好き』という気持ちだけを抱き、迷わず彼の胸に飛びこめるのに。

叶わない想いは考える端から崩れるように消えてゆく。

クリスティナは諦念の中、霞む意識を手放した。

4　魔女は虜囚

帰りたい。帰らなくてはいけない。

もう何度抱いたかしれない思いを、クリスティナは改めて強く感じていた。急がなければ間に合わなくなってしまう。焦燥ばかりが募り、身じろいだ瞬間、耳障りな金属音がした。

「……」

溜め息を吐き、自分の足に嵌められた枷を見下ろす。

足首を戒める金属の環の内側には柔らかな布が張られており、肌を傷つけることはない。そこから伸びる鎖は細く繊細なもので、クリスティナに引きちぎることはできないが、重くはなかった。

見ようによっては、装飾品のように捉えられないこともない。けれど紛れもなく人の動きを制限するための拘束具だ。鎖の片側は部屋の中央に置かれたベッドに繋がれており、その長さ分しかクリスティナは動き回ることができない。

テーブルやソファに移動することは可能だったが、扉までは届かない長さに絶望を覚えた。しかしこれは自業自得と言えるのかもしれない。

クリスティナがイシュトヴァーンに抱かれて一週間。

あれから何度も逃げようとした。とにかくテオドルの待つ町へ戻り、イザベラたちとの約束を守らねばならないと思っているからだ。

けれどその都度彼に見つかり、部屋に連れ戻されるうち、監視態勢は厳しくなっていった。最初は鍵をかけられ、見張りが増えた。次には靴や服が室内から消え、一日中夜着で過ごすことを強いられた。

こうして追い詰められていっても諦めないクリスティナは、昨日も窓からの逃亡を図ったのだ。結果、足枷を嵌められる事態に陥ってしまった。しかも今自分がいる部屋は、最初に眼が覚めた日当たりがいい場所ではない。

地下の、隠し部屋だった。

とはいえ、教会にあった牢獄とは違い、高い位置にある窓から光は入ってくるし清潔に保たれている。風通しは良く、ジメジメともしていなかった。おそらく、かつては高貴な身分の人を何らかの理由で閉じ込めておくか匿《かくま》う部屋だったのだろう。

調度品も最低限ながら高価なものばかり。運ばれる食事は、セープ家の屋敷でクリスティナが食していたものよりずっと豪華で美味しかった。

背中の傷には毎日薬が塗られ、お湯を惜しみなく使って風呂に入ることもできる。つまり待遇だけを見れば、そう悪いものではない。

ただ、部屋から出ることを許されず、毎夜訪れるイシュトヴァーンに抱かれることを除けば。

彼は夜ごとこの部屋にやって来て情熱的にクリスティナを求め、執拗に快楽を与え溺れさせようとする。

最初はあんなにも苦痛を伴う行為だったのに、今では快感しかない。無垢だった身体は淫悦を覚え、彼の囁き一つに反応してしまうほどふしだらに躾けられ、悦びを知ってしまった。

このままではいけないと理解していても、クリスティナには為す術がない。

今日も窓から差し込む日差しを浴びながら、ぼんやり天井を眺めていた。

――あの人は何故、こんな真似をしているのかしら……

自分に沈黙の約束を破らせるためだと考えれば、辻褄は合う。だがあまりにも大がかりだ。もっと簡単な方法は他にいくらでもあったのではないか。

考える度に思考の迷路に迷い込み、結論は出せない。話し合えれば解決するが、それができないから厄介なのだ。

クリスティナは己に課された制約の中で、どうにかして彼の本当の狙いを探ろうとしたが、妙案は浮かばなかった。何をどう考えても不可能だ。何故、あんな約束に応じてしまったのだろう。

そうして無為に日にちは過ぎてゆき、一週間。

――もうお父様は屋敷に戻られたかしら……テオドルは元気にしている……？

唯一の希望は父が帰り、クリスティナの不在に気がつき捜してくれること。あまりにも分の悪い賭けだ。自分でも自嘲せずにはいられない。クリスティナはもう何度目なのかしれない溜め息を吐き出した。

「――ティナ」

物思いに耽っていたせいで、扉が開かれた音に気がつかなかった。だがこの部屋に出入りするのはたった一人だ。鍵を持っているのもその人だけ。

誰何《すいか》する必要もない来訪者は、背中を向けたままのクリスティナの背後に立った。

「何を見ているの？」

この部屋の窓から見えるものなんて、空くらいしかない。答える気力もないクリスティナの肩に、後ろからイシュトヴァーンの腕が絡みついてきた。

「ティナ、身体が冷えている。ちゃんとショールを羽織って」

言われてみれば、夜着一枚着ているだけなので少し肌寒かったかもしれない。対照的に、熱い彼の体温が心地よく沁み込んでくる。

クリスティナはイシュトヴァーンが肩に掛けてくれたショールを無言のまま巻きつけた。その間、彼もまた一言も発しない。

束の間の沈黙がこちらの発言を待っているのだということは分かっている。それでもクリスティナは頑なに唇を引き結んでいた。やがて諦めたらしいイシュトヴァーンに手を引かれ、室内に置かれた椅子に導かれる。

「朝食だよ。もう時間的には昼だけれど」

時間の感覚は曖昧になり、正直空腹は感じていなかった。だが抗う気概もなくしていたクリスティナは従順に腰を下ろす。そんな様子を悲しげに見つめる瞳から眼を逸らしたまま、テーブルに並べられた料理を口に運んだ。

「……美味しい？」

味なんて分からない。それでも作ってくれた人への申し訳なさからコクリと頷く。たったそれだけの反応に、イシュトヴァーンは顔を輝かせた。

「良かった。このスープ、ティナの好物だっただろう？　もっと食べるといい」

にこやかに勧めてくる彼からは、妖しく危うい夜の気配は感じられない。こうして明るい中で対面するイシュトヴァーンはまるで別人だ。それこそ清廉で優秀だった昔のまま成長したかのような、紳士然とした風情だった。

だから余計に分からなくなる。

夜更け、クリスティナへの執着心を隠すことなく触れてくる彼は、いったい何者なのだろう。何を考え、何を求めているのか、いくら肌を重ねても判然としない。目的が見えないというのは、非常に不安を煽ることだった。

信じきることも疑いを確信に変えることもできないクリスティナは、イシュトヴァーンにどう接していいのか未だに決められないでいる。そして彼の方も、繰り返し逃亡を図る自分を信じられないのだろう。

足首に繋がる鎖がジャラリと鳴る。

イザベラと交わした約束の日まであと約一週間。その日までにどうにかして故郷に戻らなければいけない。

心ここにあらずで帰る術を模索していたクリスティナは、今日も過ちを犯してしまった。

「……何を考えている?」

先ほどまでの優しい声音とは打って変わった冷たい響き。ハッとして顔を上げれば、夜の気配を纏った彼が無表情でこちらを見つめていた。

「……ぁ」

恐怖で喉が干上がる。同時に下腹が甘く疼いた。

教え込まれた快楽の味を覚えてしまったクリスティナの身体は、イシュトヴァーンの醸し出す空気に敏感だ。淫らな色に誘われて、すぐに昂ってしまう。つい一週間前までまっさらな乙女であったなんて、自分でも信じられない。

彼の視線、艶やかな吐息、発せられる色香に酔い、思考力はたちまち奪われる。監禁され変化のない毎日において、イシュトヴァーンだけがクリスティナと外界との接点だ。そのため意識が彼に集中するのは当然だった。

きっとそれはイシュトヴァーンも分かっている。だからこそ、殊更翻弄するようにこちらを惑わせるのだろう。

――まるで悪魔。

人を誘惑し、堕落に誘う悪しきもの。厄介なのは、クリスティナに彼を拒みきる強さがないことだ。どうしても恋心が捨てきれず、引き摺られてしまう。最初の時も、死に物狂いで抵抗しようとはとても思えなかった。心のどこかで、好きな人に触れてもらえる喜びがあったからだ。

今でも、その気持ちを持て余していた。

「……今日は、久しぶりに一日屋敷で過ごせる」

その意味が分からないほど、クリスティナはもう男女の仲を知らないわけではなかった。

王都の屋敷に連れこまれて以来、イシュトヴァーンは多忙だったらしく昼間は不在にしていた。真夜中に戻ってきて、クリスティナと肌を重ねていたのだ。それなのに今日は昼近い時間にここにいる。しかも一日空いているということは――

「ティナ、心置きなく君と過ごせる。他のことなんて考える余裕をなくしてあげる」

「……ゃ」

こぼれた音は悲鳴だったのか。はっきりと形を成す前に、テーブル越しのキスで喰らわれていた。

クリスティナは強引に頭を引き寄せられ、いきなり深く口づけられる。遠慮のない舌に口内を弄られ、粘膜を擽られて吐息が濡れた。

瞼を押し上げれば彼も眼を閉じておらず、至近距離で眼差しが絡み合う。瞬きもできないまま、嗜虐《しぎゃく》的なキスで膝から力が抜けていた。

「――何度口づけても、ティナは初々しいね。でも呼吸の仕方は覚えたみたいだ」

唇を解き、こぼれた唾液を舐め取るイシュトヴァーンは卑怯なほど淫猥だった。はしたなく欲情を掻き立てられ、クリスティナは座ったまま膝を擦り合わせる。身体の奥から滲みだす欲望が滴となって脚の間を濡らしていた。

恥ずかしい。知られたくない。淫らすぎる反応に現実を拒否したくて、俯いたまま顔を上げられない。

けれどこちらの葛藤などお構いなしの彼は、テーブルを回りこんでくると、軽々とクリステイナを抱き上げた。

「……っ！」

急な浮遊感と高さに叫びそうになり、手で口を押さえる。代わりに足首ではチャリチャリと鎖が鳴った。

「僕が触れることに早く慣れてほしいな」

強張ったことを咎められ、答えに窮する。嫌だったわけではない。経験が乏しすぎて、どう振る舞えばいいのか分からないだけだ。イシュトヴァーンは恋人ではなく、ましてや夫でもない。こんな不毛な関係を継続する意味が見出せず、目的を勘ぐってしまう。

預けきれない心が迷子になっているのだ。

そっとベッドの上に下ろされて、すぐに彼が覆い被さってくれば、二人分の体重で身体が沈み込む。秀麗な容姿に真上から覗き込まれ、クリスティナは視線を逸らせなかった。

「ティナ……どうすれば君の言葉を取り戻せる？　抱いている間は可愛らしい鳴き声を聞かせてくれるようになったけれど、君はいつまで経っても喋ってはくれないね。それどころか書くことさえ拒む……大嫌いな僕には何一つ伝えたくないということ？」

見当外れの言葉には、瞬くことしかできない。いつものように困り果てて黙り込んだクリスティナに、イシュトヴァーンは眉間の皺を深くした。

「残酷な人だね、君は。だったら好きなだけ僕を拒めばいい」

「きゃっ……」

右足に繋がれた鎖を突然引っ張られ、クリスティナはつい驚きの声を漏らした。彼が摑んだ左手を高々と掲げているので、当然片脚が持ち上がる。つられて夜着の裾が捲れあがり、横たわったままのクリスティナは慌てて押さえた。

「なかなか倒錯感のある扇情的な眺めだな」

昏い光を宿した瞳でイシュトヴァーンはせせら笑い、そのまま長い鎖の一部をクリスティナの右脚に巻きつけつつベッドの支柱に括りつけた。それも頭側だから、クリスティナは身体を二つ折りにされ、膝を曲げて大きく脚を開いた体勢にされてしまう。

みっともなくて恥ずかしい状態に全身が一気に茹《ゆだ》った。

「……っ、やっ……」

片脚を拘束された不自由な体勢で暴れても、金属がガチャガチャと鳴るだけで抜け出すことができない。しかももがけばもがくほど夜着の裾ははしたなく乱れ、今では太腿までが露出していた。下着ははじめから用意されていないので、あと少しで秘すべき場所が丸見えになってしまう。

「可哀想なティナ。知っているかい？　魔女の拷問には四肢を縛りつけて動物に別々の方向へ引かせる残忍なものもあるそうだよ。よくもそんな恐ろしい発想が生まれたものだ。この世で本当に恐ろしいのは、『魔女』という幻想を作り出し、あらゆる不満の捌《は》け口にしようとする人間だとは思わないかい？」

　剝き出しの内腿をなぞられ、肌が粟立った。不快感が原因ではないことを、誰よりもクリスティナ自身が分かっている。ゾクゾクと背筋を駆け上がるものの正体は、間違いなく愉悦だった。

「はっ……」

　漏れた吐息に艶が混じり、頰には朱が走る。彼の視線がどこに注がれているかなど、考えるまでもない。クリスティナの脚の付け根が炙られているように熱を孕み、じわりと蜜を吐き出していた。

「まだ触れてもいないのに、いやらしいな」

　羞恥で脚を閉じようとしても、鎖で戒められていては無駄な努力だった。けれど諦めきれず金属音を立てながら必死で右脚を動かしていると、イシュトヴァーンに止められる。

「あまり暴れると怪我をする」

　だったら外してくれと視線で乞えば、彼の口角が上がったことで伝わったことが分かった。だが『通じた』ことと『要望が通る』ことは別だ。歪な笑みを刷いたイシュトヴァーンの唇が次に紡いだ言葉に、クリスティナは耳を疑った。

「いっそ一生こうして君を縛りつけて、僕だけしか見れないようにしてしまおうか。何も語ってくれないなら、ティナの声を他の誰にも聞かせたくない。君の世界に僕しかいなくなれば、頑なティナの気持ちも少しは変わるかもしれないね」

恐ろしい台詞を平然と述べる彼に、慄然とした。『嘘でしょう？』と眼差しで問いかけても今度は伝わったのかどうかも分からない。微笑みを深めたイシュトヴァーンは、小首を傾げただけだったから。

「君が眼にするのは僕だけで、声を聞くのも僕一人。二人きりで暮らそうか。心配しなくても、ティナの世話は全部僕がするよ。君はこうしてここにいてくれればいい」

「……ぁ、あ」

狂気の匂いを嗅ぎ取って、クリスティナは首を左右に振った。現実的ではない提案なのに、彼が口にすると冗談には聞こえない。

有り余る財力に、揺るがない地位、それに王族からの信任も厚いイシュトヴァーンならば可能なのかもしれないと思った。何よりも強い光を放つ青い双眸が、彼に不可能などないのではないかと感じさせる。揺らめく危険な眼光に、自分の意志も心も搦め取られてしまったのかもしれない。

クリスティナは呼吸も忘れ、己にのしかかる男を見上げていた。

「……覚えている？　いや、忘れているかな。あの時ティナはまだ三歳だったから」

宙に浮いていた踵《かかと》をイシュトヴァーンに取られ、爪先に口づけられた。そのまま親指から小指に向けて足の指を一本ずつしゃぶられる。足の裏まで舐められるに至り、呪縛にかかっていたクリスティナは正気を取り戻した。

「んんっ」

いくら出歩いていないと言っても、足の裏は綺麗とは言いにくい。舐められるなんて想定外だ。クリスティナは慌てて摑まれた足首を取り戻そうとしたが、鎖が邪魔をして上手くいかなかった。

「昔、転んで怪我をした君の脚を、こうして舐めてあげたね。もっともあの時は膝の擦り傷だったけれど。大泣きをして可愛かったな」

記憶の糸が、朧げな光景を引き寄せる。もうほとんど覚えてはいないが、幼かったクリスティナはイシュトヴァーンを追いかけて転び、血が出たことに驚いて泣き喚いたことがあった。その際、困り顔の彼が自分の前に膝をついていたことを思い出す。

場所は確か、セープ家の裏庭。植物が好きなイシュトヴァーンは、あの辺りに咲く珍しい花を一人で鑑賞していた。クリスティナは彼に構ってほしくて纏わりつき、思いきり転んだのだ。

当時イシュトヴァーンもまだ七歳。とても幼児を背負って屋敷に戻るのは無理だったのだろう。誰か大人を呼んでくると言われたが、一人にされるのが嫌でクリスティナは余計に泣いた。

いくら大人びていても、目の前で泣きやむ気配もない子供に、彼もお手上げだったのだと思う。結局クリスティナが落ち着くまでずっと傍にいてくれた。膝の傷はたいしたことがなくすぐに血は止まったたし、痛みもさほどではなかった。

そんなことより、幼心にも並外れて美しいと感じる少年が、自分の傷口に唇を寄せたことに驚いて、涙は引っこんでしまったのである。

『ほら、これでもう大丈夫』

頭を撫でられて、何故か温もった心が速い鼓動を刻むのが不思議だった。恋なんて言葉は当然知らず、生まれた感情の意味など分からない。それでもクリスティナは『彼が特別』なのをちゃんと理解した。

あの頃の純真無垢な想いが胸によみがえり、甘苦しく心が締めつけられる。

きっと、気持ちの根源は昔と変わらない。けれど随分薄汚れてしまった。遠のいた清らかさを思い、クリスティナの眦《まなじり》に涙が浮かぶ。

「……あの時も、君は泣いていたね。眼も顔も真っ赤にして。考えてみたら、僕はティナを泣かせてばかりだ。……だから嫌われたのかな？」

泣き顔より笑顔にしてくれたことの方が圧倒的に多いのに、イシュトヴァーンは自嘲をこぼした。それに嫌ってなんていない。これだけは確信を持って言える。だが伝える方法をクリスティナは持っていなかった。

「あの時の傷、完全に消えたんだね。良かった」

もう十五年も経っているのだから、とっくに治っている。けれどたぶん、傷が残ったとしてもクリスティナは気にしなかっただろう。むしろ嬉しく思ったかもしれない。だって彼が手当てしてくれたものだから。

イシュトヴァーンと結ばれるなんて大それた望みは抱いていない。身分差を考えても、到底手が届かない人だと分かっている。焦がれ続けても無駄なだけ。それならせめて、彼に繋がる何かが欲しかった。

手紙が途切れてしまったから、尚更強くそう思う。もしもこの身に彼を感じられる名残があったら、どれだけ幸せだろう。継母に刻まれた醜い痕などではなく、愛しい人との思い出の縁だったなら。

愚かな願いだ。馬鹿げた妄想に辛くなり、クリスティナは瞼を伏せた。するとイシュトヴァーンの手が足先から踝《くるぶし》、脛《すね》を通り過ぎて膝に移動する。そして内腿にチュッと吸い付かれた。

「っ……」

チリッとした痛みが走り、クリスティナが頭を起こして見れば、赤い痣が刻まれていた。白い肌には、他にも幾つもの花弁が咲いている。一週間前彼に抱かれて以来、消える暇がないほど執拗に上書きされているせいだ。

「君の身体がこれ以上傷つくのは嫌だけれど、僕のものだという証拠は残したい。だから何度でも痕をつけようね」

——嬉しい。

咲いたばかりの赤い花を指先で愛で、イシュトヴァーンは嫣然と微笑んだ。あまりにも蠱惑《こわく》的な笑顔に、思わず見惚れてしまう。きっと男女関係なく誰しもが魅了されるはずだ。現にクリスティナも斑《まだら》の肌を見て喜んでしまっているのだから、これを惑わされているのではなく何だと言うのか。

いつしか、抵抗を示す鎖の音は尻すぼみになっていた。今では申し訳程度に金属音が鳴るだけ。流されやすく意志が弱い自分にうんざりする。本当なら断固拒否して故郷に帰る方法を見つけなければいけないのに、身動きが取れないことを理由にして、こうして留まっている。

長い間、災禍が通り過ぎることを待ち続けたクリスティナには、耐え忍ぶことの方が楽だったから。

もしも問題が自分のことだけであったのなら、このまま考えることを放棄して彼に全てを委ねてしまいたい。仮に騙され利用されているのだとしても構わなかった。

溺れるように、沈むように流されてしまえたら、それでもいい。だがクリスティナにはテオドルがいる。

弟を思うとこうしてはいられないと心が引き裂かれ、ままならない現実に摩耗してゆく。

現実と理想は果てしなく隔たっていて、眼の前のことさえ霞んで見えなくなっていた。

「ティナ、僕だけを見て。僕のことだけを考えて」

返事の代わりに鎖が鳴る。肌に金属が食い込み、赤くなっていた。暴れたせいで、淫猥な模様めいた痕がクリスティナの右脚に刻印されている。そして太腿から脚の付け根、腹にかけてイシュトヴァーンにより新たな赤い花が咲き誇っていた。

夜着の胸元を引き下ろされると、慎ましい胸がこぼれ出る。既に硬く立ちあがった頂は、果実の色で男を誘っていた。

下腹が、じくじくと疼く。熱が溜まり、やがて大きなうねりとなる。こんなことをしている場合ではないと思うほどに、見えない戒めが増してゆくようだった。右足に嵌められた枷だけではなく、首や手首にも重い鎖が繋がれている心地がする。そしてそれらの行く先は全て彼に繋がっていた。

囚われた魔女はもう、逃げられない。

「……っぁ」

押し殺した声を漏らせば、イシュトヴァーンは嬉しげに口角を上げた。もはや自分自身よりも彼の方が、どこをどうすれば効果的にクリスティナが蜜をこぼし鳴き喘ぐのかを熟知している。

彼の指に高められ、舌に翻弄されて、吐息に炙《あぶ》られる。声を耳に注がれるだけで潤んでしまうように躾けられた女の身体は、だらしなく淫靡だった。

魔女の証がないことを証明するために全身をくまなく検分されて、クリスティナの肉体でイシュトヴァーンに見られていない場所などもう一つもない。全て暴かれてしまった。

自分でも知らなかった奥底を穿たれ味わわれて、恥ずかしがるのが無意味なほど支配されている。彼の口づけに息を弾ませ、はしたなく舌を震わせた。

言葉の代わりに差し出した舌を絡め合い、粘膜を擦りつける。雄弁なのは淫らでどうしようもない身体だけ。片脚を持ち上げられた不自由な体勢で受けるキスは、いやらしく濃厚だった。

「従順になったね。でも、また他のことを考えている。――許せないな」

「んっ、ぅ」

淫裂に指を突き立てられ、敏感な襞を擦られた。難なくイシュトヴァーンの指を呑みこんでしまうほど濡れていたことは、掻き出される水音からも明らかだ。親指で花芯を押し潰されながら抜き差しされると、あっという間に快楽の水位は上がっていった。

「ふ、ぁんッ」

クリスティナはいつものように両手で口を塞ぎ懸命に堪える。最近では腕を押さえられることも、声を我慢するのを咎められることもなくなっていた。代わりに、こちらが嬌声を迸らせずにはいられないほど、執拗に愛撫される。『もう許して』と何度懇願しそうになっただろう。

じっくり時間をかけて隘路を解され、陰唇に舌を這わされると、腰が戦慄いていた。内壁の特に感じる部分を何度も摩擦され、シーツがびしょ濡れになるほど蜜が溢れてしまう。喉を晒して仰け反れば、クリスティナの内側を弄る指は三本に増やされていた。

「んっ、ふ……ぅんっ」

「すごい。僕の手首まで滴ってくるよ」

丸まった爪先が、空中を掻く。鎖のせいでほとんど動けないもどかしさが、一層の興奮を運んできた。鎖に締めつけられ、少しだけ痛い。それにどんどん大きくなる喜悦が弾ける寸前で何度も躱《かわ》され、次第に切なさが勝ってきた。あと少しで絶頂に達せられそうなのに、もう一歩及ばない。

クリスティナがイきそうになると、イシュトヴァーンが指の動きを止めてしまうからだ。そしてわざと感じる場所を避けて刺激してくる。焦げつく渇望が大きくなり、満たされない欲求に苛まれた。

クリスティナに虐げられて喜ぶ趣味はなく、痛いのも辛いのも大嫌いだ。だがそれらを与えてくれるのが他ならぬイシュトヴァーンだと思うと、途端に意味は変わっていた。

「……ぁ、ぁ、アッ」

「どうしてほしい？　ティナ。言いたくないのなら、態度で示してごらん」

優しい誘惑は、実のところ残酷な命令と同義だった。できなければずっとこのままだと宣言されたのも同じ。昨晩、おかしくなるほど焦らされ追い込まれて、教えられた仕草を求められているのだとクリスティナは察した。

しかしそれは、いくら快楽に浮かされた頭でも躊躇う行為だ。視線をさまよわせたクリスティナの耳に、媚薬めいた彼の台詞が注がれた。

「……可愛い魔女は、このまま放置されるのをご希望かな？」

「ん、ぁ」

内側を満たしていたイシュトヴァーンの指が引き抜かれた。唐突な喪失感に蜜路が切なく疼く。

どろどろに蕩けた肉洞は、指や舌がくれる快感だけではもう満足できない。もっと圧倒的な法悦を知ってしまった身は、硬く長いもので突かれることを心待ちにしていた。

飢えと言っても過言ではない激情に衝き動かされ、クリスティナは震える指を下肢へと滑らせる。

陰唇に細い指を這わせ、濡れた感触に動揺した。恥ずかしくて頭が沸騰し、一挙手一投足を彼に見守られていることで息が乱れる。幾度も迷ったクリスティナの指先は、最終的に淫らな入り口を自ら左右に割り開いた。

「……よくできました」

頭を撫でてくれる手は、昔と変わらない。優しくて安心感をくれる温もりを感じられる掌。けれど今のイシュトヴァーンはまるで肉食の獣だ。獰猛な光を放つ瞳で、獲物のクリスティナをどう喰らおうか吟味しているとしか思えなかった。

「んっ、ぁああッ」

一息に貫かれても、存分に潤んだ内壁は難なく奥まで彼を迎え入れる。すっかりイシュトヴァーンの形に馴染んだ秘部は、貪欲に彼の楔を舐めしゃぶった。

「……っ、そんなに締めつけないでくれ。ティナの中は、気持ちがよすぎる……っ」

感極まった掠れ声で囁かれ、余計に隘路がキュンと収縮する。イシュトヴァーンの麻薬めいた声は、聞いているだけでクリスティナをおかしくした。会えなかった八年の間に少年時代よりずっと低く落ち着いたものに変わっていても、心を震わせる点ではまったく同じだ。

もっと聞きたいと願い、名前を呼ばれると嬉しくなる。もしもこちらからも呼び掛けることができたなら、おそらく喜びも感動も倍増するだろう。いっそ口にしてしまおうか。

彼に助けを求めようとして、クリスティナの唇が開きかけた。だが。

「――――やっぱり君は魔女かもしれないね。こんなにも僕を狂わせるんだから……っ」

緩やかな律動を刻みながら吐かれたイシュトヴァーンの言葉に、喉がつかえた。

魔女ではないと彼自身が認めてくれたのに、そんなことを言われれば決意が鈍る。無実を証明する手立ての一つ、純潔の証をもう自分は持っていないのだ。よもやそれこそが狙いだったのかと勘ぐり、何も言えなくなっていた。

「ティナ……」

右手を取られ、指を深く絡められる。簡単には解けない繋ぎ方は、まるで恋人同士になったかのような夢を見せた。

でも違う。普通に想い合う二人なら、こんな歪な関係になるわけがない。少なくとも、愛しい相手を鎖で戒め、地下に監禁するはずがなかった。

束の間の幸せな夢想は、いつも簡単に破られてしまう。いくらクリスティナが自分を騙そうとしても、なけなしの理性が許してくれないからだ。

「……アっ、あ」

身体だけ火照っていくことが悲しい。心を置き去りにして淫らに作り替えられた肉体は、快楽を享受していた。焦がれた人に触れられて、刹那の夢に溺れている。いずれ破綻すると分かっていても、イシュトヴァーンの腕から逃げられない。逃げたくないと、思ってしまっていた。

――テオドル……

愛する弟が自分の帰りを待っている。戻らなければ、あの子の身にどんな厄災が降りかかるか想像もしたくない。けれど今のクリスティナは凶悪な淫悦に溺れていた。

獰猛な動きで穿たれて、思考が砕かれる。絶大な質量に埋め尽くされた蜜穴は、うねりながらイシュトヴァーンの剛直を扱《しご》いた。溢れる愛蜜を潤滑油《じゅんかつ》にして、腰の動きが速さを増す。飛び散る淫水は泡立ち、ふしだらな染みをシーツに広げていった。

「はぁあ……ぁっ、アッ、ゃ、あんっ」

硬いものに摩擦され、痺れが指先へ走ってゆく。絶頂の予感に髪を振り乱し、クリスティナは生理的な涙を流した。

行き止まりをこじ開けるように小突かれ、密着したまま腰を回されると獣じみた悲鳴が漏れる。あまりの快楽に、クリスティナ自身も淫猥なダンスを踊っていた。彼の律動に合わせて腰を振り、貪欲に愉悦を追い求める。戒められていない左脚をイシュトヴァーンの身体に回し、無意識に引き寄せる真似までしていた。

気持ちがいい。

こんなことは過ちなのに、抗えない。

——私が特別いやらしい、はしたない女だから……？

だとすれば、これこそが魔女の素養なのか。馬鹿げた妄想すら快楽の糧になる。

「ひぃっ……ぁあぁっ」

身体が燃える。頭が焼き切れ、もう何も考えられない。

鋭く突き上げられて、鎖が甲高く鳴る。クリスティナの見開いた瞳から、大粒の涙がこぼれ落ちた。

「ぁっ……ああアッ」

二度、三度、大きな波がやって来る。強張った肉体を容赦なく貫かれ、高みから降りてこられない。ビクビクと痙攣する手を押さえ込まれて、最奥を抉られた。

「……っぅ、ぁ」

腹の中で熱液が爆《は》ぜ、イシュトヴァーンの子種がクリスティナを内側から染め上げる。子宮を満たされる感覚に、また一段高みに飛ばされた。熱い奔流に叩かれて、意識まで白く塗り潰されてゆく。

最後の一滴までクリスティナの中に吐き出そうというのか、彼は緩々と腰を振った。掻き回された蜜壺から、二人の混じり合った愛液が溢れ出る。生温かい感触にさえ、クリスティナは快感を得てしまった。

「……ティナ……」

重ねられる唇は、いつも燃え上がりそうなほど熱い。けれど心が冷えてゆくのは何故だろう。今しがた熱を分かち合ったばかりなのに、凍えてゆくものがある。

イシュトヴァーンの掌の熱はクリスティナに浸透してくるのに、どうして肌の温度はすぐに冷めてしまうのか。いや、汗ばんでいるのだから寒いはずはないのだ。だがどうしようもなく孤独に苛まれる。

再会しても、七年間の不通と同じ。彼の心は見えないまま。だから、寂しい。どんなに近くにいても、クリスティナは独りぼっちでいるのと一緒だった。

――何も、届かない……。

心が重ならないのに、こんな行為に意味があるのか。それでも溺れてしまう自分の淫蕩ぶりに嫌気がさす。もしも継母に知られれば、魔女の揺るぎない証だとされてそれ見たことかと詰られるだろう。

出口のない迷宮の中、一人佇む。

クリスティナにはどうすればいいのか、見当もつかなかった。

◇◇◇◇◇

「魔女狩りとは言わば、不平不満や漠然とした恐怖を、弱者をいたぶることで晴らそうとする集団心理ではないでしょうか。そこに財産争いが絡んだり、異端を排除しようとする動きがあったりして、より複雑化しているのだと思います」

「なるほど。私も同意見だ。ではどうすればこの馬鹿げた悪習を駆逐《くちく》できると思う？」

イシュトヴァーンの言葉に鷹揚に頷いた王太子は、先を促してきた。

まだ二十歳を越えたばかりの彼は、自分とさほど年が変わらない。若さ故か新しい知識を得ることに貪欲で、未だ地方でやまない魔女裁判に心を痛めていた。

「無意味な私刑など、一掃してしまいたい。だが、宗教的なものが絡むとなると、そう簡単にはいかないだろう。いくら法を整えても、末端まで届くには時間がかかる。ましてや信仰に関わるのであれば色々な反発も予測され厄介だ」

「おっしゃる通りです」

中央からの命令一つで簡単に解決できる問題ではない。下手をすれば、余計頑なになり火に油を注ぐことにもなりかねないのだ。

王太子の信頼を得たイシュトヴァーンは、今はまだ若い彼がいずれ王位についた時、片腕になると見込まれている。こうして忌憚《きたん》のない意見を求められることは珍しくなかった。

「まずは王室の威光が届きにくい地を視察し、現状を把握することが大切ではないでしょうか。不満があるのなら、それらを解消するのも有効な手立てだと思います。けれど何よりも重要なのは、知識を広めることかもしれませんね。疫病や農作物の不作、不順な天候は悪魔や魔女のせいなどでは決してないと……無知こそが民衆の暴走を煽るのだと思います」

「お前の言いたいことは分かる。しかしどれも時間がかかることだ。いくら魔女狩りが下火になりつつあるとは言え、今でも年に数件は嫌な噂が耳に届く」

流石に処刑にまで事態が大きくなることは減ったが、皆無ではない。もしかしたら今この瞬間も、無実の罪で裁かれている者がどこかにいるかもしれない。

犠牲者の多くは、社会的弱者である女性だ。しかも高齢であったり、夫に先立たれたりしている者が多い。稀に男性や若者が対象になることもある。つまりは、誰が次の哀れな生贄に選ばれてもおかしくはないのだ。

――裕福な家庭の若い娘が、何らかの理由で告発を受けることだって――

イシュトヴァーンの脳裏に浮かぶのは、子供の頃毎年足を運んだ田舎町のことだった。

四つ年下の愛らしい少女。幼馴染として妹のように可愛がっていた。母親同士が親友で、互いに嫁いでからも交流があったからだ。毎年のように彼女が待つ田舎町に、イシュトヴァーンは母に連れられ足を運んだ。

最初の頃は、まだよちよち歩きの幼女をどう扱っていいのか分からず戸惑ったけれど、無心に自分を追いかけてくる姿に庇護欲を掻き立てられ、次第にわざと後を追わせて楽しむようになっていた。誓って言うが、意地悪をしようと考えたのではない。

クリスティナが短い脚を懸命に動かして、イシュトヴァーンを追い求める姿は筆舌に尽くしがたいほど微笑ましかった。妹がいなかったので、余計にそう思ったのかもしれない。

彼女が追いつけるぎりぎりの速度で前を歩き、時折振り返ると嬉しそうに笑うその顔を見て悦に入る。

だから突然背後でドタッと不穏な音がして、泣き声が聞こえてきた時には心底驚いた。

転んだクリスティナに慌てて駆け寄れば、顔を真っ赤にし大粒の涙を流していて――何故か胸が締めつけられたのを覚えている。

誰かを守ってあげたいと感じたのは、あの時が初めてかもしれない。自分より格段に弱くて儚い、ふわふわとしたこの柔らかな存在を傷つける、ありとあらゆるものを遠ざけたいと本気で願った。

泣かないでとあやして擦りむいた傷口を舐めると、彼女は驚いた表情で固まっていた。何はともあれ、泣き止んでくれたことに安堵して微笑めば、今度はクリスティナもへにゃりと笑顔になった。その満面の笑みの愛らしかったことと言ったら。

潤んだ瞳がキラキラ光って、吸い込まれそうな輝きを放っていた。まるで朝露に濡れる新緑のようで、生命力の塊にも見え、小さな身体なのにイシュトヴァーンの服の裾をしっかり摑んで『傍にいて』と乞われると、本当に必要とされている錯覚に陥った。

無心に縋られることが、こんなにも心地のいいものだったとは。

ハンカチで膝の傷口を縛ってやり、どうにか彼女を立たせると、クリスティナは『ありがとう』と舌足らずに礼を述べた。まだたった三歳なのに礼儀正しい子だと感心したが、次の瞬間イシュトヴァーンはもっと驚かされることになる。

背伸びした彼女が、頰に口づけてきたからだ。幼子の、たどたどしいキス。それも身長が足りず、正確には顎――それも滑って首筋を掠めていった。

擽ったくて思わず笑えば、クリスティナは至極真面目な顔でイシュトヴァーンに屈むよう促した。さっきまで泣きべそをかいていたくせに、大人の口真似までしていて、切り替えの早さに尚更笑いを堪えられなくなる。

言う通りにもう一度膝をついてやると、彼女は今度こそ頬への口づけを成功させた。

『ありがとう。お礼にお嫁さんになってあげる』

きっと結婚の意味もよく知らないくせに、妙に恩着せがましいプロポーズだった。くりくりとした瞳を瞬かせ、クリスティナはこちらの返事を期待いっぱいの表情で待っている。自分が花嫁になることが、嬉しいでしょう？　と言わんばかりの得意げな言葉に、イシュトヴァーンは堪えきれなくて噴き出していた。

『ふ、ははは、ありがとう。楽しみにしているよ』

笑われたことが心外だったのか、彼女は頬を膨らませた。それでも自分が手の甲へキスを返すと機嫌を直し、二人で手を繋いでセープ家の屋敷に戻ったのだ。

——君はもう、覚えていないだろうけど……

懐かしく、甘酸っぱい思い出。それからも毎年クリスティナに会うために、母と一緒にあの田舎町へ行った。最後に訪れたのは八年前。十四歳の時。

彼女の母の葬儀だった。

子供にまで気が回らない父親の陰で、クリスティナは生まれて間もない弟の面倒をよく見ながら、毅然としていた。いや、きちんと観察していれば、母を亡くした悲しみが大きすぎて呆然としているだけだと気がつくことは容易だっただろう。

けれど不幸にも、彼女の周りには長女の心情まで察して寄り添ってくれる大人はいなかった。

誰も彼もが妻を亡くした夫を憐れみ、生後すぐ母を亡くした赤子に同情していた。聞き分けのいい娘は後回しにされ、むしろ『しっかりすること』を無言の内に強要されていたのだ。クリスティナもまだ、たった十歳の子供だったのに。

イシュトヴァーンは思わず彼女の傍に行き、頭を撫でていた。

ハッとして顔を上げたクリスティナは、もしかしたらこの時初めて自分が来ていることに気がついたのかもしれない。それまでどこか無表情で冷静だった仮面にひびが入り、たちまち大きな緑の瞳が潤み出した。

『イシュトヴァーン様っ……』

声を押し殺して泣く少女の姿に、妹に対する庇護欲は形を変えたのだと思う。守ってあげたいという気持ちがより明確になり、誰も彼女を大事にしないのなら、自分こそが宝物のように扱いたいと心の底から思った。

親でさえ蔑ろにするのなら、連れ去ってもいいはずだ。自分だけがクリスティナを助けてあげられる。若さ故の傲慢さで、イシュトヴァーンは本当ならすぐにでも彼女をファルカシュ伯爵邸へ連れ帰りたかったが、それは無理な願いだった。

所詮、当時の自分は十四の子供。一人では何もできない若輩者だ。生活の基盤さえない。いくらクリスティナが母の親友の忘れ形見でも、父親がいるのに引き取ることなどできるわけがなかった。

結局、いつか迎えに来ると心に決めて、その年は繋いだ手を放した。それが、長い別れになるとも知らず。

一年間は、手紙のやりとりがそれまで通り続いていた。イシュトヴァーンは勉強や社交に忙しくなっていたけれど、彼女からの手紙を心待ちにし、いつも心を込めて返信していたのだが——ぱったりと便りが絶えた。

本当に、前触れもなく、クリスティナからの手紙は途絶えてしまったのだ。わけが分からずこちらから何通も書いたけれど結局返事が来ることは一度もなく、そうこうしているうちに彼女の父親が再婚したという噂が耳に届いた。

それを聞いたイシュトヴァーンの母は『……仕方ないわ。お子様がいて女手は必要でしょうし……もうあちらにお伺いすることはやめましょう。前妻の友人がいつまでも連絡を取っていては、今の奥様に申し訳ないわ。貴方もクリスティナに手紙を書くのはおやめなさい。その方があの子も早く新しいお母様に馴染めるでしょう』と溜め息を吐いた。

母の言葉が一理あるのは分かっている。クリスティナもそう感じたからこそ、手紙のやりとりを控えたのだろう。

けれどイシュトヴァーンには納得できなかった。簡単に『仕方がない』で済ませられる軽い気持ちではなかったからだ。

だがどうすることもできない。彼女の方から背を向けたのなら、それこそが答えなのだ。もう関わってくれるなという意思表示としか思えなかった。不器用で真面目なクリスティナが新しい母親を受け入れるためには、実の母親を思い出させる者との交流を断つことしかなかったのかもしれない。

そう思えば、身勝手な執着で強引に会いに行くことは憚《はばか》られた。

あれから七年。長くもあり、短くもあった月日が過ぎた。その間、一日も彼女を忘れたことはない。送ることのできない手紙を何通も認め、未練がましくクリスティナを思い出していた。中途半端かつ一方的に終了させられた初恋を拗《こじ》らせているだけと言われればその通り。

いつか彼女に再会できるかもしれないと、淡い期待を抱き努力し、王太子の信頼を得るまでに上りつめたけれど、おそらく母でさえ自分の息子がまだ幼馴染の少女を想っているなどとは考えてもいないだろう。

「――とにかく、現状を把握しないことには対策も立てられない。この数年で魔女裁判を起こした地域と、特に閉鎖的な場所を列挙したから、眼を通してくれ」

思索の海に潜っていたイシュトヴァーンは、王太子に書類を渡され我に返った。懐かしく、痛みを伴う記憶を思い起こすあまり、主が眼の前にいることをすっかり忘れていて、やや焦る。

「――はい。仰せのままに」

動揺を完璧に隠し、手にした紙片に眼を落とせば、幾つもの地名が並んでいた。その中に懐かしい名前を見つけ、思わず息が乱れる。

――これは、クリスティナの……

「ん？　どうした？　気になるところでもあったか？」

目敏くイシュトヴァーンの表情を読み取った王太子は、滅多に顔色を変えない臣下の変化を面白がるような声を出した。

「あ、いいえ……子供の頃によく行った場所が入っていたので」

「ああ、そこか」

イシュトヴァーンが渡された紙を指し示しながら告げると、王太子はこめかみを揉みながら眼を閉じた。

「最後に魔女裁判を起こしたのは何年も前だし、処刑などには及んでいないが、土地柄あまり他所と交流がないせいか、未だに根強い因習に囚われている。それなりに大きな町なのにあまり情報も入ってこないから気になっているのだ。しかも新しく司祭として派遣されたのがフェレプという男でな……」

「何か問題でも？」

イシュトヴァーンは記憶を探ったが、その司祭については、なかなかの美形で若かったという程度の印象しかない。これといって懸念するほどの素行の悪さなどもなかったはずだ。

「私の気にし過ぎならいいのだが、あの男はニコラ・ローランドの血を引いている」

「……ニコラ……まさか、検事総長の？」

「流石によく知っているな」

苦笑した王太子は、深々と溜め息を吐いた。

ニコラ・ローランド。もう百年以上前に故人になっている上に隣国の検事総長だった男だ。本来なら、特に覚えておく必要もない。だがイシュトヴァーンの記憶には引っかかっていた。それも、悪い名声と共に。

「……苛烈な魔女裁判を扇動した男ですね……」

十五年の間に九百人の魔女を火刑に処したことを自慢としていた男。更に彼の息子も父の遺志を継ぎ、魔女を裁き続けた。恐ろしいのは、それらを『功績』として捉える人々が、まだ少なからずいることだ。特に、遠戚ではあっても血を引いている人物となれば――

「これまでフェレプが魔女狩りを推奨したことはない。だが、先祖の行為を美化し尊敬していないとも言えない。嫌な話だが、機会があれば手を出してみたいと考えている可能性は否定しきれないだろう」

理由もなく人を疑うことのない王太子がここまで気にしているのだ。何らかの根拠があるのかもしれないとイシュトヴァーンには思えた。主の人を見る眼は確かだ。だからこそ、一生仕えてゆこうと心に決め忠誠を捧げてきたのだ。

人は力を手にし、戒める周囲の眼がなくなると暴走することがある。いや、本質が隠しきれなくなるのかもしれない。欲望のまま振る舞っても許されると勘違いし、いずれ自分を見誤り立ち止まれなくなってゆく。

そういった危うさを、王太子はフェレプから感じていたのではないか。

「――分かりました。では早速この眼で確かめて参ります」

「ああ、頼む。特にあの地域はここ数年、災害が多い。魔女狩り以外にも不安材料が目白押しだからな」

イシュトヴァーンは深く頭を下げ、退出した。急ぎ旅の計画を練らなくては。あまり長く王都を不在にもできないので、挙げられた地域全てを回るのは無理だろう。だとすれば、優先順位ははっきりしていた。

別に個人的な意向を反映させたわけではない。他の地名を見る限り、緊急性を感じなかったことと距離などを鑑みた結果だ。

それでも、八年振りにクリスティナに会えるかもしれないと思うと、心は弾んだ。

子供の頃は離れることこそ彼女のためだと思って身を引いたが、今ならもう関わりを持っても許されるだろうか。優しく聡明なクリスティナのことだから、新しい家族と上手くやっているに違いない。生真面目すぎるが故に突然イシュトヴァーンとの交流を断ったことを、悔やんでくれているかもしれない。

あれこれ考えると、一刻も早く彼女に会いたくて堪らなかった。忘れられていないかと一抹の不安はあるが、流石にそれはないと信じたい。最後に会った時クリスティナは十歳だったから、全て忘却の彼方ということはあるまいと、己を鼓舞する。

――せめて、幸せに暮らしていることを確認するだけでも――

少女だった彼女ももう十八歳。恋人や夫がいてもおかしくない年齢だ。結婚が早ければ子供がいる可能性だってある。

そう考えるとイシュトヴァーンの胸は嫌な音を立てて軋んだ。

懐かしい幼馴染の元気な姿を見たいだけだと言い訳しつつ、ごまかしきれない期待と不安に苛まれる。

幸せであってほしい。平穏な毎日を送ってくれているだけで構わない。そうでなければ、断腸の思いで文通をやめた自分が報われない。

でももしクリスティナが不幸になっていたとしたら――

――僕が、守る。どんな手を使っても、あらゆる苦しみから彼女を救ってみせる。彼女を『いらない』と思う者のもとに、置いてはおけない――

そう決意を固め、イシュトヴァーンが視察に出たのが約二十日前。

あの時は、まさかこんな事態になるとは夢にも思わなかった――

物音も吸い込まれそうな静寂に満ちた暗闇の中、聞こえるのは二人分の呼吸音だけ。

陰鬱な気分で身体を起こしたイシュトヴァーンは、隣で眠るクリスティナを見つめた。

片脚に巻きつけていた鎖の戒めはもう解いてある。ただし足枷は変わらず細い足首に嵌められていた。

彼女の頬には、涙の痕。意識を失う直前まで、大粒の涙を流していたからだろう。

憐れみを覚えて丁寧に拭ってやったが、新たな滴が目尻からこぼれ落ちただけだった。

何故こんなことになったのか、何度考えても分からない。懐かしいあの田舎町に辿り着き、最初に向かったのは当然ながら領主であるセープ家の屋敷だった。

古びてはいても記憶と寸分違わぬ建物にホッとしたのも束の間、会いたい人はそこにおらず、父親も不在だった。残されていたのは要領を得ない話をする使用人ばかりで、今の女主人である後妻も出かけていると言う。

後妻のイザベラは信心深く、毎日熱心に教会へ通っているらしい。領民の評判も悪くない。――――だが、使用人たちはどこか委縮していた。

仕方なく先に町の様子を見て回ろうかと思った矢先、かつてのクリスティナによく似た少年に声をかけられたのだ。テオドルと名乗ったその子供が、クリスティナの弟であり八年前の赤子だと分かると、何とも言えない心地がした。

そして、違和感があったのも事実。

まだ八歳の少年は妙に表情が暗く、何かに怯える仕草を見せた。多くを語らなかったが、子供らしさとは無縁であったと思う。普通、あの年代だと快活で元気すぎる子もいるくらいだ。いくら聞き分けのいい子供でも、もう少し明るさがあったり、悪戯や外遊びを好んだりするのではないか。

しかしテオドルからは、そういった要素が一切感じられなかった。むしろ他者を怖がるような陰気さを覚えたほどだ。最初は内気な性格なのかと思ったけれど、二言三言話す内に『違う』と気がつき、次に合わない目線に焦燥を覚えた。

物音を立てることを恐れる素振りを見せ、異常に周囲を気にしている。身なりはきちんとしているし、年齢の割には言葉遣いもしっかりしていたが、何かがおかしい。

イシュトヴァーンがじっと見つめると、彼は慌てて視線を逸らした。

閉鎖的な町だから、知らない人間が怖いのかとも思ったが、それなら自分から声をかけてきたりはしないだろう。たぶん、そうとうの勇気を掻き集めてイシュトヴァーンに話しかけてきたはずだ。それも人目を忍ぶかのようにして。

あまり怖がらせてはいけないと思い、テオドルの言葉をじっと待つ。すると彼は迷いつつ唇を開いた。

『――お姉様は教会の奉仕活動に参加しています。……でも僕は変だと思う……』

それだけ告げるのが精一杯だったのか、少年は『もしお姉様に会えたら、これを渡してください』と手紙をイシュトヴァーンに託して走り去った。追いかける間もなく小さくなる背中を呆然と見送り、我に返る。

一瞬、継母が熱心な信者であるからクリスティナも同じように活動しているのかと考えたが、それなら屋敷の使用人たちも最初から話すだろうと思い直す。奇妙な靄《もや》が胸に広がって、イシュトヴァーンはセープ家の屋敷を振り返った。

昔、母と一緒に来ていた頃と何も変わらない。古びていても、田舎ではなかなか見かけない立派で荘厳な建築だ。クリスティナの父親は領主として優秀なのだろう。

だが、かつてはあった温もりのようなものが失われている気もする。居心地の良かった空間が損なわれ、落ち着かない空気に支配されていた。

ただの気のせいかもしれない。思い出の人がいないことで、勝手に妄想を広げている可能性もある。しかし拭い去れない嫌な予感が胸に去来していた。

イシュトヴァーンの知らない七年間、いや、会えなかった八年間を思う。短くはない年月の間に、彼女に何があったのだろう。

ひりつく焦燥が胸に爪を立てる。強引にでも、会いに来なければいけなかったのではないか。もしかしたら自分は選択を誤ったのかもしれない。

テオドルがくれた『教会』という言葉を頼りに町の中央へ向かえば、ようやくクリスティナの継母であるイザベラを捕まえることができた。同時に司祭のフェレプも。

自分には、王太子のように一目で人柄を見抜くような特技はない。父からは他者を信じすぎる甘いところがあると叱責されるほどだ。けれどこの時、イシュトヴァーンは確かに胸にざわつきを覚えた。

にこやかな笑顔の下にある、油断ならない狡猾さ。会話はできても、心に届くことがないもどかしさ。二人の間にある怪しい雰囲気。そういった言語化が難しい感覚を抱いたのだ。

とはいえ、他人の個人的な事情に立ち入るつもりは毛頭ない。大事なのはクリスティナのことだけ。

はじめは彼女の居場所を濁していた彼らだが、イシュトヴァーンが一切引くつもりがなく、王太子の命によって動いていると知ると、秘密の地下牢への鍵を渋々取り出した。そしてそこで眼にしたものは――

思い出したくもない。

劣悪な環境に囚われた彼女は、昔とは面差しが変わっていた。暗がりの中でさえ痩せ細り顔色が悪いことがすぐに見て取れ、愕然とした。最後に会った時ですら、もう少しふっくらしていたと思う。少なくともイシュトヴァーンが背中を撫でると、泣きじゃくる元気は取り戻してくれた。

それが今では話すことはおろか、完全に拒絶されるなんて。大歓迎で迎えてもらえるとまでは思っていなかったけれど、せめて思い出話程度はできるだろうという期待は、木っ端微塵に砕かれた。

クリスティナが魔女だなんて、悪い冗談に決まっている。

馬鹿げた因習など、彼女が一言否定してくれれば自分がどうとでも跳ね除けられると思い説得を試みたが、それも聞き入れてはもらえなかった。

身分や立場を盾にしてクリスティナを連れ出しても良かったけれど、強引に事を進めれば反発もある。特にああいう古い考え方が未だ根強く残っている土地は尚更だ。余所者より、地元の人間の方が発言力を持ち、更には地位の高い者、宗教的指導者が絶大な力を握る。

あちらのしきたりを無理に破れば、イシュトヴァーンでも厄介なことになりかねない。何よりも、クリスティナの立場が余計に悪くなることは想像に難くなかった。

しかも彼女が望まないのなら、意味がないではないか。

仕方なく一旦引き、翌日改めて説得を試み、あくまでも自主的にクリスティナの翻意《ほんい》を促そうとしたのに——それがどうだと自嘲せずにはいられない。

何だかんだと思考を巡らせはしたが、最終的にイシュトヴァーンが選んだのは、本人の同意を得ず彼女を連れ去ることだった。あの時はそれしか方法がなかったのだ。

イザベラとフェレプがクリスティナを拷問にかけるつもりだと知ってしまったから。

偶然立ち聞きしたのは、今思えば幸運だったのかもしれない。もし知らなければ、翌日また話し合えばいいと呑気に思ったままだった。手遅れになる前に行動できたことだけは、ついていたと言える。

王太子に連絡を取っている暇はなく、彼女の逃亡がすぐにバレないよう見張りの男を買収した。『クリスティナは感染する病を得た』と継母たちに説明すれば、時間を稼げると入れ知恵をして、地下牢の鍵を開けさせたのだ。

後は、薬で意識を朦朧とさせた彼女を王都まで連れ去り、ひとまず安全な場所に匿った。今のところテオドルの身は安全だろう。イザベラが言っていたことを信じるなら、すぐに危害を加えられることはあるまい。

——流石に、継母がティナを拷問にかけようとしていたことは言わない方がいいだろう。聞けば必ずティナは傷つく。世の中には知らない方がいいこともある……いや、全て言い訳だな……

欲しいから力ずくで手に入れた。結論から言えば、その一言に尽きる。

自分の中にこんなにも非道で即物的な男が潜んでいたなんて知らなかった。大切な人を傷つけてでも、手中に収めるために平気で手折ることができる冷酷な性質。それがイシュトヴァーンの本質だったのだ。

八年振りに再会できた彼女は、憔悴《しょうすい》していても美しく、年齢より大人びた雰囲気はそのままに、より凛として儚い気配も漂わせていた。

妹のように思っていたなんて建前で、本当はずっと一人の女性として恋焦がれていたのだ。呆れるほど飢えた男は、後悔さえもしていなかった。今この瞬間、クリスティナが傷つき、泣き疲れて意識を失っていても。

裸の肩に毛布を掛けてやり、やつれた寝顔を見守る。つい先ほどまで淫らに喘いでいたなんて信じられないほど、あどけなく無垢な表情だった。

魔女ではない証を立てるために純潔の証明をするなんて、我ながら馬鹿げた言い訳だと思う。彼女が乙女でなくなってしまえば、もっと事態が複雑になりかねないのに、どうしても激情を抑えられなかった。

自分を受け入れてくれないクリスティナに苛立ち組み敷いた時、感じたのはどうしようもない愉悦だ。良識などかなぐり捨てて、快哉を叫びたい気分だったのだ。

一度タガが外れてしまえば、もう後戻りはできなかった。禁断の果実を一口味わえば、空腹が満たされることは二度とない。いくら身体を重ねても、心が伴わなければ渇望が募るだけ。それでも手放すことなどできなかった。

王都に連れ去ってしまえば彼女の気も解れると楽観視していたが、未だイシュトヴァーンの名前さえ呼んでくれないどころか、筆談にすら応じてくれないのはどういうことなのか。とにかくこのままでは、王太子に助けを求めることも難しい。クリスティナ自身が魔女であることを否定し、身の潔白を証言してくれないことには、事態は好転しない。

王都の知識層も一枚岩ではなく、中には頭の固い古い考えを持った者も残っているからだ。しかも面倒なことに彼らは長く王家に仕え、国王の信頼を得ている。その中には魔女の排除に積極的な考えを持つ者もいるのだ。

下手にクリスティナの境遇を知られれば、彼らは沈黙を守る彼女を糾弾しかねない。背中の傷だって、不利な証拠としていくらでも利用できるだろう。少しでも危険がある方法は採りたくなかった。

だからこそ、こうして屋敷の地下にクリスティナを閉じ込め隠すしかないのだが――それもまた言い訳であるとイシュトヴァーンの唇の端が歪に引きあがった。

何ものにも邪魔されない空間に二人きり。

誰も彼女を見ることはないし、クリスティナの方も誰も眼にすることがない。彼女の世界には自分だけ。教会の地下牢で知ってしまった快感がじわりと全身に広がる。

自由を奪い行動を制限し、食べ物を手ずから与え、その生死を司る優越感。クリスティナの全てを手に入れたと言っても過言ではない。――心以外は。

きっとイシュトヴァーンの性質は生まれながらのものだ。今まで気がつかなかっただけで、ずっと奥底に潜んでいたのだ。

大切なものを囲い込み、あらゆるものから隔絶して閉じ込めたい。対象が嫌がっても、泣いても、痛む心よりも昂るものがある。根こそぎ支配し、貪り尽くしたかった。

本当に欲しいものが手に入らないもどかしさは、別の全部を掌握することで埋め合わせた。それでも足りずに毎日彼女を求めてしまう。たぶん自分は、どこかおかしくなっているのだろう。それとも本性を糊塗《こと》しきれなくなっただけか。

どちらでもいい。クリスティナが傍にいてくれれば、他のあらゆることは些末な事象だった。

「……ぅ、ん……」

寝返りと共に彼女が吐息を漏らす。微かな声を耳が拾い、イシュトヴァーンの心が震えた。

医師に言わせれば、喉には何も問題はないらしい。実際こうして言葉でなければクリスティナは声を聞かせてくれる。

頑なに喋ろうとしないのは何故なのか。それとも、イザベラたちが言うように魔女の証明なのか――

「……馬鹿馬鹿しい。僕まで惑わされてどうする……」

前髪を掻き上げ、独り言つ。

魔女伝説など欠片も信じていないくせに、どうにも思考がおかしな方向に傾いていた。考えてみれば彼女にとっては自分こそが悪魔だろう。突然現れ、生まれ故郷から拉致して純潔を散らし、今は地下室に監禁している。

何故クリスティナが魔女の疑いを払拭しようとせず、むしろ疑惑を強めるようなことをするのか分からないが、充分酷いことをしている自覚はあった。異常な事態が判断力を鈍らせ狂わせている。

「でも、何も語ってくれず逃げようとする君が悪いんだよ」

一言助けてくれと言ってくれれば、いくらでも手を貸すのに。魔女を自認するなら、それでも構わない。理由があってどうしても声を発したくないのなら、文字に書いてくれてもいい。それさえしてくれない彼女への苛立ちがあるのは否定しきれなかった。狭量な男には、余裕など一切ないのだ。

一度は振り払われてしまった手を再び繋げたことで、強欲になっている。二度と逃がすまいとしてなりふり構わずクリスティナを己に縛りつけていた。それでも、これっぽっちも安心できない。本当に欲しくて堪らないものは、この指を擦り抜けているからだ。

彼女を虐げていたのはイザベラで間違いあるまい。だとしたら何故、助け出した自分に心を開いてくれないのか。そこまで厭われていたのだろうかと思い、吐き気が込み上げた。そんな心痛が、余計にクリスティナへの酷い仕打ちになってしまう。

彼女の乱れた前髪を直してやり、額に口づけた。僅かにクリスティナの表情が和らいで見えたのは、気のせいだろうか。イシュトヴァーンの願望が垣間見せた幻かもしれない。

「……ごめんね。どこにも逃がしてあげられないよ」

届くことも望んでいない無意味な謝罪を呟いて、愚かな男は愛しい女を腕に抱いた。

5　魔女へ恋文

テオドルのもとに帰らなければ。

焦る気持ちが毎日大きくなる。クリスティナは今日も逃亡する術を必死に模索し、どうにもならない現実に打ちのめされていた。

仮にこの地下室から出られたところで、故郷まではどれだけ距離があるのか。地理に疎い上にお金も持っていない身では、歩くこと以外の選択肢はないのだ。道中仕事が見つかればいいけれど、働いたことがない自分には現実的ではなかった。

それに、こんな格好では到底外に出る勇気がない。

部屋の中央に立っていたクリスティナは己の格好を見下ろして、深々と嘆息した。

身に着けているのは薄い夜着のみ。靴さえ履いていない。裸と大差ない姿では、外に出た瞬間、警備の者に捕まるか、頭のおかしい女として病院送りになってしまうだろう。いくら窮状を訴えても、説得力などあるわけがない。そもそも喋ることは許されず、それではどちらにしても帰れないではないか。

——いったいどうすればいいの……もう、疲れた……

そう、疲れてしまった。何も考えたくない。蹲って耳と目を塞いでいれば、いつかは災禍が通り過ぎてくれるだろうか。

足掻けば足掻くほど出口がないことを思い知らされ、こうしているうちに時間も刻一刻と過ぎていき、約束のひと月はもう目前だ。

彼を信じたいけれど信じきれない。そんな自分が何よりも嫌だった。疑心暗鬼のわだかまりは日々大きくなり、もう何を自身の根幹に据えていいのかも分からないのだ。

——せめて、テオドルが無事なのかを知りたい。

疲れ果てた心に浮かぶのは、まだあどけない弟の姿。それさえ次第に薄れてゆく気がした。

摩耗した精神が、限界に近いのだと人ごとのように思う。クリスティナはいっそ何も感じなくなってしまいたいとさえ願い、己の薄情さにゾッとした。

簡単に諦めていいことではないのに、楽になりたいと思っている。

母を亡くしてからずっと我慢を強いられ、耐えることに慣れてきたけれど、本当は心の奥底で抱いていた願望が顔を覗かせていた。もうそろそろ全部を投げ出しても許されるのではないかと、長い間逃げ道を探していたのだ。重荷を捨て、自由になるために。

――そんなはず、ない。

『――本当にそう思うの？』

クリスティナと同じ顔をした魔女が耳元で囁く。背後からのしかかられる気配を感じ、慌てて振り返った先にあるのは壁だけ。誰もいない。いるはずはない。今日はまだイシュトヴァーンもこの部屋を訪れていなかった。しかし『何か』の気配を濃密に感じ、クリスティナは室内を見回した。これは、幻聴だ。

擦り切れた精神が見せる幻。強く眼を閉じ妄想を振り払おうとしたが、生々しい気配は消えてくれなかった。

『本心では弟を煩わしく感じていたのではないの？　あの子がいなければ、とっくに逃げられたのにって、ずぅっと思っていたでしょう？』

意地悪く唇を歪め、悪意を瞳に宿らせて。自分は一度もこんな嫌な表情をした覚えはないのに、嘲笑うのは紛れもなくクリスティナ自身の声であり姿だった。眼に見えないけれど、はっきり分かる。囁きかけてくるのは他でもない自分だ。

――違う。私はテオドルを邪魔に思ったことなんて……

『本当にないと言える？　神に誓える？　自分一人なら、どうとでもなるじゃない。イザベラを怒らせる愚かなあの子を庇ってやる必要もないのよ？』

ほとんど治りかけている背中の傷が疼いた。まさに今打たれたように、熱を孕んで痛みを訴えてくる。

――やめて！　あの子がいたから、私は生きてこられたの！

『そもそもテオドルが生まれなければ、お母様が亡くなることもなかったのに』

残酷な言葉の刃に斬りつけられ、クリスティナは絶句した。反論が、見つからない。どんなに否定しても、封印しても、殺しきれなかった本音が噴き出してしまった。

嘲笑が響き渡る。クリスティナの頭の中にだけ、ゲラゲラと耳障りで下品な女の笑い声が尾を引いて木霊した。

勿論、テオドルを愛しく思う気持ちに嘘はない。弟のせいで母が命を落としたと責める気もない。だが、ほんの小さな悪意の欠片が、心に突き刺さったままなのも真実だった。抜けない棘が、いつまでもクリスティナを苛んでいる。

愚かな考えを抱く自分が醜いだけだと理解して尚、抹消しきれない穢れた思考。思うことさえ罪深いそれは、長い間クリスティナの中に巣くっていたのだ。

『ほら、やっぱり。ああ怖い。なんて恐ろしい女なの。だからお前は魔女なのよ』

「……ぁ、あ……」

涙が溢れる。視界が滲み、眩暈がした。

『告発されても仕方ないの。残忍な本性に嘘は吐けないわ。楽になりたいのなら、正直になりなさい。――受け入れてしまえばいい。醜く汚いお前自身の本心を』

幻影の自分に、胸の中央を指で突かれた。刹那、真っ黒いものがクリスティナの内側から溢れ出す。

自分が認めなかっただけで、この身はとっくに堕落していた。追い詰められたクリスティナの精神は決壊し、端から脆く崩れ去ってゆく。

――私は、本当に魔女だったのかもしれない。だったらこのまま大人しく裁かれる時を待つべきなの……？　お母様には逆らえないもの……

『帰りたいなんて、嘘でしょう？　本当はこのままここにいたいのではないの？　そうすればどんな形であってもイシュトヴァーン様の傍にいられる。しかも弟の代わりに鞭打たれることもないんだもの！　ほら、早く認めてしまいなさいよ』

こんなに歪んだ姉なら、いない方がいい。テオドルを疎ましく思うなら、クリスティナは彼にとって害悪でしかなかった。それなら、今更戻って何になるのか。

自分の存在意義を見失ったクリスティナが呆然としてベッドに座りこむと、足首の鎖がシャラリと鳴った。

金属の環が急に重みを増し、座っていることさえ億劫《おっくう》になる。

何だかもう、何も考えたくない。酷く疲れて、そのまま身体を投げ出した。仰向けに寝転がれば、眼に入るのは天井だけ。ここは魔女を閉じ込めるための檻だ。教会の地下牢と違い監獄ではないけれど、意味は同じ。罪人を拘束し監禁するための場所。

クリスティナの内側に、黒々とした靄が充満してゆく。

きっと今夜もイシュトヴァーンはこの部屋にやって来るだろう。淫らな時間だけを共有し、無意味な享楽に耽るために。いっそ言葉を発してしまおうかとも思う。魔女に相応しく堕ちるところまで堕ちてしまおうか。彼が飽きるまでここで人知れず飼われるのも悪くはない——

天井に向け伸ばした手は、何も摑めず空を掻く。

圧倒的な無力感に押し潰され、クリスティナは眼を閉じた。

どうせ自発的に何か行動すれば、裏目に出るのだ。これまでずっとそうだったではないか。今よりもっと酷い状況に陥ってしまうかもしれない。それなら何もせず、蹲っていた方がいい——

『そうよ。どうせお前にできることなんて何もない。だったら黙って大人しくしていなさい。本当にうっとうしい子。小賢しい真似をしたら、ただじゃおかないわよ』

いつしか、罵る魔女の声はクリスティナからイザベラのものへと変わっていた。過去に言われた暴言が思い出され、胸が痛い。逆らわなければいいと学習して以来、ずっと息を潜めて生きてきた。可能な限り何も感じないように心を遮断し、自らを殺すことで。そんなふうに生きる方法しかクリスティナは知らない。

――でも……本当にそれでいいの？

瀕死の状態だった精神が微かに首を振る。何もしないことは正しいのかと消え入りそうな抗議の声も聞こえた。魔女に追いやられて小さくなっていたもう一人のクリスティナが、顔を覗かせる。

――私が自分の人生を諦め、投げ出すのは勝手かもしれない。だけどテオドルはどうなってしまうの……

見捨てたいと一瞬でも考えてしまったクリスティナも間違いなく自分自身だ。けれど弟を誰よりも大切に守りたいと願っているのも偽りのない本心だった。

相反する感情は、どちらも嘘ではない。だからこそ厄介で、混乱するのだ。

思考の迷路に迷い込み、身動きが取れない。現実も同じ。いくら思い悩んだところで、結局はこの地下室から脱出することも叶わない。万策尽きた思いで、クリスティナは寝返りを打った。

その時。

イシュトヴァーンが部屋に置いていった数冊の本が眼に入った。それらはクリスティナの無聊《ぶりょう》を慰めるため、彼が用意したものだ。しかしこれまで一度も手に取ったことはない。もう随分長く本など読む気にもなれなかったから、触れることさえしていなかった。

けれど今日は妙に気にかかり、クリスティナは重い身体を引き摺って本が置かれたテーブルに近づいた。

きっと何を好むのか分からなかったからだろう。小説はともかく、歴史書や地図、クリスティナが絶対に読まないだろう医学書まである。あまりにも雑多な選定に、少し笑ってしまった。その中に、植物について纏めた本を見つけ、何気なく手に取り表紙を開く。

イシュトヴァーンは昔から博識だったけれど、特に植物については詳しかった。子供の頃は『本当は植物学者になりたいんだ』とこぼしていたほどだ。自分の立場をよく理解し、伯爵家の嫡男として進む道を心得ていた彼にしてみれば、そんな本音を漏らしたことは本人にとっても意外だったらしい。

口にした直後、しまったと言わんばかりに動揺していた。その後『……今のは二人だけの秘密だよ』と少しだけ寂しそうに呟いたことも、クリスティナは忘れていない。自分にだけ明かされた本心は、宝物のように思えたからだ。それだけ心を許されているのだと感激しかなかった。

だからせめてこの先イシュトヴァーンの気持ちが少しでも慰められるよう、贈り物をしようと決めたのだ。

当時から読書家だった彼は、セープ家の屋敷へ遊びに来る時も数冊の本を携えていた。それらはどれも将来を見越し勉強のために読むものばかりで、クリスティナにはまったく理解できない難しい内容ばかりだった。

たまに趣味の植物に関する本を開いている時もあったけれど、あくまでも『息抜き』や『気分転換』の僅かな時間だったたと思う。

その横顔を、盗み見るのが好きだった。

同じ『読書』でも、好きなものを楽しんでいる時と必要に駆られての行為ではこうも顔つきや雰囲気が変わるのかと、子供心に驚いたものだ。前者のイシュトヴァーンは年相応のあどけなさがあり好奇心で瞳を輝かせ、後者の時は大人顔負けの面持ちで近寄りがたい空気を漂わせていた。

だからクリスティナは、押し花のしおりを作ったのだ。

何の本を読んでいても、彼が好きな植物が眼に入るように。少しでも楽しい気持ちになってくれるように願いを込めて。

イシュトヴァーンと一緒に摘んだ美しい花を丁寧に処理し、自分でも素晴らしい出来上がりになったと思う。

誇らしい気持ちで彼にしおりを渡したのは、確か九年前。母の葬儀の前年のこと。輝く楽しい思い出の、最後の年。

――この本、イシュトヴァーン様が昔持っていた、お気に入りのものと同じだわ……あの頃に、戻れたらいいのに……

将来に何一つ憂いはなく、明るい未来しか信じていなかった子供時代。恋を自覚し、それだけで本当に幸せだった。母がいて、父がいて。そしてイシュトヴァーンがいた。ある意味クリスティナとって、当時が一番幸福だったのかもしれない。

――――でもテオドルはいない。

仮にやり直せて弟の存在が消えてしまうなら、煌めいていたはずの過去は色味を失うだろう。いくら完璧に満たされた世界であっても足りないものがある。テオドルがいないのなら、やはりクリスティナにとって本物の幸せではなかった。

読むとはなしに本を捲っていると、植物の図解などが載っていて、それなりに興味をそそられる。クリスティナは椅子に腰かけ、改めて内容に眼を落とした。

美しい花の絵は、見ているだけでも心が癒やされる。長い間外に出ていないから、そういえば今の時期ならこれらの花が満開だろうと思い至った。時間の感覚も、季節の感覚も狂って久しい。

屋敷の庭園は今どうなっているだろう。イザベラはあまりそういったことに興味がなく、庭師に任せきりで、だからこそ姉弟にとっては息が抜ける場所だった。昔イシュトヴァーンと見た夜に咲く花は無事だろうか。花壇が潰されていないか、急に不安になる。

もしも自分が姿を消した腹いせに荒らされていたらどうしよう。まだテオドルにも見せてあげていないのに。もう少し弟が大人になったら、二人で夜こっそりと部屋を抜け出し、月光の下で白い花を観賞することをクリスティナは秘かな楽しみにしていた。

開いた本の頁《ページ》には、思い出の中に咲く花と寸分違わぬ大輪の花が咲き誇っている。

死にかけていたクリスティナの心が、思い出の花をきっかけに少しだけ元気を取り戻した。

他にも、イシュトヴァーンが花冠を作ってくれた花や、アカシアも描かれており、一緒に散策して見上げた木もあった。病気や怪我に効く薬草や害虫に強い草。教えてもらったことを鮮やかに思い出す。どれもこれもが、泣きたくなるほど懐かしく、胸を温もらせた。

乾ききっていた心が潤うのを感じる。

諦めたくない。全てを放棄するのは簡単だが、クリスティナはまだ自分を捨てたくなかった。

――だって私は、魔女なんかじゃない。

泣きたい心地を堪え、頁を捲る。すると古びた紙片が本に挟まっていることに気がついた。

「……？」

角が丸まり少し皺も寄っている。お世辞にも綺麗とは言えないそれをクリスティナは摘まみ上げ裏返し、息を呑んだ。

「……っ」

茶色く変色した押し花が、そこには張り付けられていた。いかにも子供の手による拙《つたな》い出来で、処理が甘かったのか枯れ草のように色が完全に抜けている部分もある。下手に触ると崩れてしまいそうなほど脆くなっており、むしろよく形を留めていたと感心してしまった。

――いいえ、違う。それだけ大切にしてくれていたからだわ……

かつてクリスティナが贈ったしおり。

それをお気に入りの本に挟み、大事に保存してくれていた。九年もの長い間、ずっと。挟んだまま忘れていたとか、放置していたとは思えなかった。何故ならこの本自体、イシュトヴァーンの一番のお気に入りで、よく持ち歩いていたことを自分も知っているからだ。

昔、あまりにも彼が本に夢中になって構ってくれないことにクリスティナは腹を立て『その本をちょうだい』と我儘を言ってみたことがある。

勿論、本気ではなかった。ただ少しだけ彼を困らせてみたくなっただけ。すると予想通り困惑顔になったイシュトヴァーンに留飲を下げたクリスティナは、『冗談よ』と打ち明けるつもりだった。

ところが随分長く悩んだ彼に本を差し出され、逆に焦ってしまったことがある。あの時は、大慌てで本を返し、こちらが謝ることになったのだ。

それからもイシュトヴァーンはこの本をよく読んでいたし、大事に扱っていた。だからいらないものではないだろう。

懐かしい思い出の品に忍ばせられた、押し花のしおり。

これまで疑心暗鬼に阻まれて見えなかった彼の本心に、触れられた気がした。いくら何でも、彼が九年も前からイザベラの計画に加担しているわけがない。少なくとも当時のイシュトヴァーンは、クリスティナを大切に思ってくれていたはずだ。

それは今でも変わらないと信じるのは、愚かだろうか。

ただの偶然だと考えるには、しおりの保存状態は悪くない。幾度も触れた痕跡があっても、丁寧に扱われてきたことが伝わってきた。

何故か、待ち続けた手紙の返事を貰えた気がする。嫌いになったから文通をやめたのではないと言われた心地がして、クリスティナの双眸から涙が溢れた。

自分でも単純だと思う。何かを告げられたわけでもないのに、こんな小さなしおり一枚に心を揺さぶられている。だがおそらく他人にとってはごみ同然のものだからこそ、クリスティナにとっては価値があったのだ。

――こんなものをずっと持っていてくれたの……？

だったら、嬉しい。自分にとっては、恋文に等しいほどの重みがある。愛の言葉よりもっと大切で、脆い部分に直接語り掛けられた気がした。子供時代の純真さはそのままに、七年の空白を経て届いた返事も同然だ。

あの頃、クリスティナを支えてくれたイシュトヴァーンの無数の言葉。『君は頑張っている』『必ず会いに行くよ』『守ってあげる』、そして『僕が傍にいる』。どれもが宝物のように煌めいていた。唐突に文通を断ち切られたことで、クリスティナ自身忘れようと努力していたけれど、懐かしさと共に恋しさが一斉によみがえる。

――会いたい。今、無性に貴方に会いたい。そしてきちんと向き合いたい。

カタンという物音に振り返れば、そこにはイシュトヴァーンが立っていた。クリスティナが手にしたしおりを見て、微かに眼を見開く。もの言いたげなこちらの視線に気がついたのか、彼は寂しそうに微笑んだ。

「今でも大切に使っている。本当は額装でもして飾っておきたかったけれど、君がちゃんと使ってほしいと言っていたから……僕の一番の宝物だ」

望めばたいていのものが手に入る身分で、才能にも容姿にも恵まれた人が、こんな古びた紙切れ一枚を大事に扱ってくれていた。その事実がクリスティナの胸を締めつける。潤む視界の中、彼は迷う素振りを見せつつ近づいてきた。

やがて椅子に腰かけるクリスティナの傍らで立ち止まり、床に片膝をつく。こちらが見下ろす状態になって、驚きのあまりクリスティナは瞬いた。

「たとえいくら拒まれても何度でも言うよ。ティナ、どうか僕を信じてほしい。何が君をそこまで頑なにさせているのかは分からないけれど、必ず救ってみせるから」

真摯に見つめられ、鼓動が跳ねた。

再会以来、初めて本当の意味でイシュトヴァーンと向き合っている気がする。これまではどんなに触れ合っても果てしなく隔てられている気がしてならなかったが、今は同じ高さで互いを見つめ合っている心地がした。

手を伸ばせば、相手の心に届く予感がある。今ならきっと、分かり合える。

言葉より雄弁な彼の瞳が、想いのたけを伝えていた。

「……僕が、嫌い？」

弱く吐かれた疑問には、思いきり首を左右に振った。

嫌いなわけがない。嫌いになれていたら、もっと楽だった。今も変わらず好きだからこそ、こんなにも苦しくて辛いのだ。

恋情を眼差しにのせ、クリスティナは彼だけを視界に収めた。他には何も眼に入らない。手にしていたしおりごと手を握られ、意識の全てがイシュトヴァーンに集中する。

眼も耳も嗅覚や感覚の全部で、彼を感じ取ろうとしていた。

「本当に？」

今度は勢いよく首を縦に振る。いつも泰然としているイシュトヴァーンからは想像がつかないほど自信のない様子に、クリスティナの方が戸惑ってしまう。だがそれだけ彼を困惑させているのが自分だと思うと、同じくらい奇妙な高揚感が湧き上がっていった。

包まれた手が、強く摑まれる。愛おしい温もりに涙が溢れた。

「何故、泣くんだ？　僕は君を傷つけた？　……ああ、こんなふうに閉じ込め無理やり奪って、言う言葉じゃないな」

自嘲に歪んだ唇が、微かに震えていた。

イシュトヴァーンは怯えているのだと、クリスティナは察する。自分の返事を待ち、葛藤しているのだと伝わってきて、動転したのはこちらの方だ。

イザベラたちに与《くみ》し、クリスティナを傷つけ罠に嵌めるためなら、自分の反応を気にかける必要はない。むしろ無抵抗になり気力をなくした人形になった方が、都合がいいはずだ。けれど今の彼は、クリスティナに寄り添い、元気づけているようにも見える。怖々手を伸ばし、本音を引き出そうとしていた。

頬を濡らす涙を拭う優しい指先がその証拠だ。泣かないでくれと、イシュトヴァーンの眼が語っていた。クリスティナを慈しむ動きに、吐息が乱れる。まるで本当に、愛しい女を慰めるかのような温もりが、触れ合う先から沁み込んできた。

利用するだけの道具にここまで心を砕く必要はない。

イシュトヴァーンは、以前と何も変わっていない。クリスティナの初恋の人で、聡明で思慮深い優しい人のままだ。どうして彼を信じられなかったのだろう。

クリスティナの中に凝《こご》っていた疑念が、サラサラと溶けてゆく。

まだ継母からの抑圧を受けていなかった、純粋で前向きだったかつての自分に戻れる気がした。人を信じることに怯えず、まっすぐだった幼い頃に。

イシュトヴァーンを信じたい。彼ならきっと、手を差し伸べてくれる。後は一歩踏み出す勇気を自分が持つだけ。

——このままじっと身動きせずにいても、きっと何も変わらない。……変えられない。

嵐がやむのを待っていたところで、根本的な解決にはならないのだ。もしかしたら回避できたかもしれない被害を甘んじて受けたとしても、それは自己満足でしかない。『何かしていたら今よりもっと酷いことになったはず。だからこの程度ならまだマシだった』なんて、誰にも正しさを証明できないのだと、初めて気がついた。

クリスティナが良かれと思い選んでいた道は、臆病者の言い訳だ。

何もしないことを正当化し、自ら動いて責任を負うことから逃げていただけではないのか。

——消去法で選ぶのではなく、私はどうしたいのだろう？

考えてみれば、クリスティナは自分の意思というものと長い間向き合ってこなかった。

何も考えず仕方ないと諦めて、流されることに慣れていたのだ。憐れんでいればいいだけの立場は楽だったから。けれどその結果、得られたものは何だろう？

平穏な生活からは程遠い。いつか去ると信じていた嵐の、未だ只中にいる。七年かかって抜け出せない苦痛に、あと何年耐えればいいのか。

喉が震える。息を吸い、声帯に意識を集中する。名前を呼びたい。ずっと声にのせたかったイシュトヴァーンの名前を。

今一番したいことを思い出し、クリスティナは深呼吸した。だが長く喋っていなかった弊害なのか、上手く言葉が出てこない。あまつさえ緊張もあってむせ返り、名前を呼ぶどころではなくなってしまった。

「ああ、落ち着いて、ティナ。無理をしてはいけない。もしかして、声を聞かせてくれようとしているのか？」

期待に満ちた彼の眼差しを受け、顎を引く。するとイシュトヴァーンは眼を見開いた。

「本当に？　ああ……今はその気持ちだけでも嬉しいよ。ずっと……君からの手紙が途絶えて以来、嫌われたと思っていたから……」

――え？

今度は、クリスティナが眼を見開く番だった。

瞠目するこちらの様子に何かを察したのか、彼の眉間に皺が寄る。そして訝しげに首を傾げた。

「七年前から、君はぱったりと手紙をくれなくなっただろう？」

それはイシュトヴァーンの方だ。クリスティナは返事が来ないまま手紙を何通も送ったし、ずっと彼からの返信を待ち続けていた。一方的に文通を断ち切ったのは、そちらではないか。

言葉にせずともクリスティナの表情で、言いたいことは伝わったらしい。イシュトヴァーンはしばし視線をさまよわせた後、「ちょっと待っていて」と言い部屋を出て行った。

残されたクリスティナは複雑な気持ちを持て余す。

嫌われていなかったらしいことは嬉しい。どうやら彼の方から文通をやめたのではないようだが、では郵便に何らかの問題があったのか。お互い転居などしていないのに、おかしな話だ。

一通や二通届かなかったのなら、事故でもあったのかもしれないと思うけれど、ある日を境に完全に途切れたことには疑問が残る。

彼から最後に来た手紙には、こちらを気遣う言葉ばかりが並んでいた。落ち着いたらまた行くからと励ましてくれ、便箋にはクリスティナの好きな花の匂いが染み込ませてあった。もうとっくに香りは消えてしまったけれど、今でも大切に保管してある。

あんなに心を込めた文章を綴ってくれた人が、理由も言わずに背中を向けるなんてあり得るのか――

ぽつりと疑念が湧いた。考えてみれば、奇妙だ。あまりにも唐突すぎる。イシュトヴァーンなら、距離を取るにしてももっと上手い方法を思いついたのではないだろうか。

——でも、だったら何故？

七年前から変化したこと。クリスティナの生活で、一番変わったことは何だった？　確かに母が亡くなってからは色々なことがありすぎて、まるで暴風雨の只中にいるような大変さだった。その中でも最も激変したこと——答えはたった一つだ。

——イザベラ。

どうしてこの可能性を今まで思いつかなかったのだろう。七年前なら、丁度父が再婚をして継母がセーブ家の屋敷に移り住んできた頃だ。女主人となった彼女に、家の中のことは全て握られた。当然、子供たちの郵便物に関することも。

クリスティナが出す手紙も、来る手紙も、全部イザベラの監視下にある。握り潰すのは容易なことだったに違いない。

——そんな……まさかっ……

いくら何でもそこまでするはずはないと思いつつ、彼女ならやりかねないとも感じた。万が一クリスティナが他者に現状を訴えれば、厄介なことになる。それも明らかに家格が上の『伯爵家の令息』に助けを求めたとなれば、騒ぎになるのは眼に見えていた。

これまではイザベラを恐れるあまり想像さえしてこなかった様々なことが、彼女の支配から抜け出つつあるクリスティナの眼に映り始める。曇りが晴れ、少しずつ正常な判断力を取り戻していた。

距離が離れたことで、恐怖が薄れたおかげかもしれない。イシュトヴァーンにも同じように閉じ込められ、不自由な生活を強いられてはいるけれど、身の危険を感じているわけではなかった。食事は充分に与えられているし、暴力を振るわれることはない。

少なくとも警戒心を漲らせて、息が詰まる緊張感の中、足音にすら気を配っての生活とは違う。肌を重ね疲れ切って眠るせいか、睡眠は充分に取れ、頭がすっきりしていた。セープ家の屋敷にいた頃は眠ることすら怖々としていて、夜中に何度も眼を覚ましていたのに。

ここでの生活が丸ごと正しいとは言えない。しかし乾き切り緩やかに衰弱していたクリスティナの心は、今確実に息を吹き返しつつある。その証拠に『自分がどうしたいのか』という自主性を思い出していた。

「――――お待たせ、ティナ」

戻ってきたイシュトヴァーンが一枚の封筒を差し出した。それは、かつてクリスティナが使っていたものだ。

少しでも彼に喜んでもらいたくて、便箋も厳選した。優しい緑色だった紙は、僅かに色褪せている。それでも大切に保管してくれていたことはすぐに分かった。捨てられていなかったことが、泣きたくなるほど嬉しい。

「これが、君から来た最後の手紙だよ」

クリスティナは促されて便箋を取り出し、拙い子供の字に赤面しながら眼を通した。そして愕然とする。

――違う。これが最後のはずがない。だって私は、もっと何通も色々なことを書き送ったもの……！

書かれていたのは、生後一年に満たないテオドルのことばかり。それから元気を取り戻しつつある自分のことと、イシュトヴァーンへのお礼だった。

相変わらず不在がちの父や、継母のことについては一言もない。当然だ。当時はまだ、イザベラを父の再婚相手として紹介されていなかったのだから。

彼女に『新しい母』として引き合わされた後、クリスティナはイシュトヴァーンにそのことを書き綴った。心配させないよう悪いことは伝えなかったけれど、不安を滲ませた正直な気持ちを書いた覚えはある。

その後も幾度も近況やテオドルの成長について手紙を送った。本当は『助けてほしい』と言いたい気持ちを押し殺し、できるだけ明るい印象を抱いてもらえるように取り繕って。

それなのに、一通も届いていなかったのか。きっと数は二十を軽く超えている。だが一つも彼の手に渡ることはなかった。とても信じられなくて、クリスティナは渡された手紙を握り締めたまま呆然とする。

だとすれば、イシュトヴァーンからの手紙もこちらに届かなかった可能性が高い。もしも誰かが堰き止めていたのなら、いくら返事を待っても叶うわけがない。自分が想いを込めた全ては、行方知れずになっていたのだから。

「……もしかして、君はこれ以降も手紙を出してくれていたのか？」

こちらを覗き込んでくる青の瞳に正気づけられ、クリスティナは何度も頷いた。ひょっとして迷惑だろうか、返信を急かしていると思われるだろうかと心配しつつ、それでも彼に手紙を書き送り続けた日々。

明日こそ返事が来るはずと期待して、その度に裏切られた心地になった。イザベラの監視のもとでは姉弟に文房具もろくに与えられず、何とかやりくりをして封筒と便箋、それにインクを手に入れたのだ。

イシュトヴァーンに救いの手を求めたわけではない。ただ、心の支えになってほしかった。

自分で郵便を出しに行くことなど許されなかったから、毎回祈るような気持ちで使用人に手紙を託していたことが仇になったのか。無理にでも自ら手続きをしていたら、こんな行き違いは起こらなかったのかもしれない。

全て今更な後悔が押し寄せる。

クリスティナは涙で霞む視界を、瞬きで振り払った。

「僕との文通をやめたのは、君の意思じゃなかったのか……？」

やめたいと思ったことさえない。気持ちが溢れすぎて、クリスティナの喉は嗚咽だけを漏らした。辛うじて頷くことはできたから、彼には充分伝わったのだろう。惑う腕が背中に回され、クリスティナは椅子に腰かけたままイシュトヴァーンの胸に抱き寄せられていた。温かくて安心する。これまで何度も肌を重ねてきたのに、こんなにも気持ちが安らいだことはなかった。身体だけでなく心まで包みこまれているからかもしれない。

「どうしてこんな事態になったのか調べる必要はあるけれど——ひとまず、本当のことが分かってよかった……僕はずっと誤解していたみたいだ」

か細く震える彼の声に、自分と同じ気持ちであることが窺えた。嘘やまやかしではない真実に、やっと触れられた気がする。イシュトヴァーンを信じられなくて心の壁を築いていたことが馬鹿みたいだ。何故こんなにも優しく誠実な人の言うことを疑っていたのだろう。それもこれも、冷静な判断力が鈍っていたからとしか言いようがない。

普通に考えてみれば、信じるべきは自分を虐げる継母ではなく、幼い頃心を通じ合わせていたこの人だったのに。

じっと見つめ合い、眼差しで会話を交わす。それで、充分だった。

会えなかった八年間も、断絶していた七年間も、一切が解け溶《ほど》けてゆく。わだかまっていた思いは全て、『この人が好き』という感情に昇華されていた。

溢れる想いが抑えきれない。饒舌《じょうぜつ》な瞳から、クリスティナの正直な気持ちが溢れ出す。

「……そんな眼で見られたら、勘違いしそうになる。こうして本音を知ることができただけでも勿体ないくらいで、散々君を傷つけた僕には手を伸ばす資格がないのに……」

伏せられた睫毛や、切なく結ばれた唇。迷いつつ触れてくる彼の指先に意味を求めてはいけないだろうか。もたげた期待がクリスティナの全身を疼かせ、震わせる。

自分と同じ恋情を、もしかしてイシュトヴァーンも――と分不相応な望みが噴き出していた。

たかが地方領主の娘と、伯爵家の令息。しかも彼は今や王太子の片腕だ。あまりにも立場が違いすぎ、夢見ることさえおこがましい。それでも幼い頃から抱き続けた恋心は、簡単には枯れてくれなかった。

一度は萎れていた花が、再び花弁を広げて天を仰ぎ、高らかに咲き誇ろうとしている。以前よりもっと大輪の花が、イシュトヴァーンに向けて香っていた。クリスティナの胸の中、無数の花が広がっている。まるで闇夜に灯る光だ。

思い返してみれば、これまでもずっとそうだったのかもしれない。風雨に晒され消えかけていても尚、胸の明かりは途絶えることはなかった。この恋が死滅しなかったように。

クリスティナは立ちあがり、彼の頬に手を添えて爪先立ちになった。視線は絡めたまま。精一杯の勇気を掻き集め、背伸びする。

自分からイシュトヴァーンに口づけたのは、これが初めてだ。今までキスは、奪われ喰らわれるものだと思っていた。だからたどたどしく唇を触れ合わせただけの接触は、キスとは呼べないのかもしれない。

技巧も何もなく、皮膚の一部が掠めただけ。それでも切実な色を孕んだ双眸が、クリスティナの足りない言葉を補足してくれた。

たぶん時間にしたら僅か数秒。見つめ合った二人は、呼吸さえ忘れていたかもしれない。お互いに相手の全てを見逃すまいと、瞬きもせず真剣に瞳の中に映し合う。張り詰めた均衡が崩れたのは、彼が苦しそうに顔を歪めたからだ。

「……ティナ、君が好きだ。子供の頃からずっと……忘れられなかった」

「っ……」

驚きのあまり、声も出ない。見開いた視界には、イシュトヴァーンしかいなかった。その彼に指を握られ、恭しく手の甲に唇を落とされる。

「君は幼すぎて覚えていないだろうけど、僕の中では大切な約束だった。当時は自分でも本気にしていなかったくせに、こうして忘れられずにいるんだから、たぶん昔からティナが好きだったんだろう。我ながらませていたし、執念深い子供だったと呆れるよ」

約束とは何だろう？　申し訳ないが、覚えていない。それよりもキスを受けた手の甲が熱くて堪らなかった。燃え上がりそうな熱が全身に回る。もしかしたら以前にもこうして紳士的な口づけをイシュトヴァーンからされたのかもしれない。その際に約束を交わしたのだろうか？　クリスティナは思い出そうとしたが、たった今された告白で頭がいっぱいになってしまい、上手くいかなかった。

――イシュトヴァーン様が、私を……？

とても信じられない。

大人になって再会してからそう長い日数は経っておらず、お互い知らないことの方が多い。彼が自分を好きになってくれる要素が、見当たらなかった。そんな奇跡が起こるはずがないと思っているからだ。

「信じていないって、顔だね。……あれだけ酷いことをしたんだから、当然かな……」

傷ついた顔でイシュトヴァーンに呟かれ、クリスティナは慌てて首を振った。だが、中途半端に動かしたから、どちらの意思表示なのか彼も判じかねたのだろう。ますます苦しそうに瞳を細められ、こちらの方が狼狽してしまった。

「詳しい理由は計り知れないけれど、何か話せない理由があるんだろう？　健気なティナのことだから、きっと自分のためだけじゃなく、家族のためかな」

そこまで理解を示してくれたことに、堪らなく感激した。

イシュトヴァーンがクリスティナに寄り添い、慮《おもんぱか》ろうとしてくれていなければ、とても分からないことだ。

あんな最悪な再会をし、心を閉ざした自分を、ずっと見ていてくれたのか。いや、会えなかった年月にも、気にかけていてくれたことが伝わってきた。

「君は頑張り屋で、いつも自分のことは後回しにして、人のために努力し耐える人だったから……今でもそれは変わらないな。時折、無理をし過ぎているんじゃないかと不安になるよ」

大きなもので包みこまれる感覚に、涙が溢れた。

心配してくれる人がいることが、こんなに心強かったなんて。周りの人々からは邪険にされるか関心を持たれないことに慣れたつもりでも、本当はずっと寂しかった。テオドルを守りながら、クリスティナだって誰かに守られ大事にされたかったのだ。

――イシュトヴァーン様を好きだと、私も告げたい。

この人を信じると決めたのだから、もう話してもいいはずだ。

クリスティナは母の葬儀の日以来、初めて思いきり涙をこぼした。一番安心できる人の腕の中で、思う存分泣きじゃくり、甘やかされて慰められる。『聞き分けのいい子供』でも『しっかり者の姉』でもない。ただ一人のクリスティナとしてイシュトヴァーンに全力で縋った。

その間彼は、黙って受け止めてくれた。

昔と同じように髪を梳き、背中を撫でて労わってくれる。こちらの気持ちが落ち着くまで、ずっと惜しみなく温もりを分け与えてくれた。

それがどれだけ救いになったことか。

父でさえもくれなかった絶対的な安らぎを、彼は提供してくれた。ここにいていいのだと、肯定された気持ちになる。辛い気持ちに寄り添い、傍にいてくれるだけでいい。安い同情も薄っぺらな共感もいらない。クリスティナはこうして黙って抱き寄せてくれる腕が、本当はずっとずっと欲しかった。

「ごめんね、ティナ。七年間も無駄にしてしまった上に、僕は無理やり君の純潔を奪った。いくら謝っても足りやしない……」

イシュトヴァーンの胸に顔を押しつけたまま、クリスティナは首を左右に振った。

確かに同意したとは言いにくいかもしれないけれど、力ずくではなかったと思っている。あの時、彼に求められ、戸惑いと同じくらい歓喜もあったのだ。

自分だってイシュトヴァーンに触れられたかった。会えなかった年月を埋めるため、分かち合う熱の誘惑に抗えなかったのだ。好きで、どうしようもなかったから。

お互い、相手を思いやるあまり臆病になっていただけ。不幸なすれ違いでしかない。だから彼に自分を責めてほしいなんて願っていなかった。むしろ強引に暴き、クリスティナの本心を引き出してくれたことに感謝もしている。

ここまで拗れた原因の犯人は、おそらくイザベラ。彼女以外には考えられない。クリスティナにも色々問い質したい気持ちはあるが、何故こんな酷いことをしたのだと糾弾するのはできれば避けたかった。

自分たちの間にどれほど溝があったとしても、イザベラが父の妻である事実は変わらないのだ。

あまり家族を顧みない父親ではあるが、愛情がないわけではない。ただ単に不器用な人だと知っている。弱くて一人では生きられず、母を亡くした傷から立ち直るために、安易に『別の誰か』を求めずにいられない人だということも。

父なりに継母のことは愛しているはずだ。そうでなければ、結婚まではしなかっただろう。心を寄せている女性が子供たちを虐げていると分かれば、余計な心労を与えてしまう。ただでさえイザベラは不貞を働いているのだ。明るみに出れば、父の名誉が傷つき、ひいては領民の不利益に繋がることになる。

家族としては今一つの父親だが、領主としては信頼と尊敬を集めている。その誇りを、傷つけたくはなかった。

――叶うなら、穏便に済ませたい……

甘いかもしれないが、強く願う。もしイザベラの方から自主的に去ってくれるのなら、それが誰にとっても一番傷が少ない方法だ。父も余計なことを知らず、傷は浅くて済むだろう。後妻に好き勝手された領主と、皆に嘲笑われることもない。もしも彼女と交わした

『約束』がまだ有効なら、あともう数日クリスティナが耐えるだけでいい。

　思い至った結論に、唇を嚙み締める。

　約束のひと月までは一週間もない。生真面目なクリスティナには、『誰も見ていないから』と狡い真似をする発想はなかった。取り決めは、守るもの。交わした約束は誓いに等しい。

　――彼女に会うまでは、約束を破らない。そうすればテオドルを守ることもできるし、イシュトヴァーン様の手を煩わせることもない……。

　考えれば考えるほど、それが最もいい方策である気がしてきた。

「ティナ……？」

　泣きやみ、黙り込んだクリスティナを案じる様子で、彼が頬を撫でてくれた。涙を拭われ、額にキスを贈られる。眼を閉じて口づけを受け入れたクリスティナは、決意を込めてイシュトヴァーンを見つめた。

　テーブルに置かれた本の中から地図を開き、故郷の名前を探す。遠く離れた田舎町の名は、すぐに見つかった。

　じっとこちらに注がれる彼の視線を意識したまま、クリスティナはそこへ指を滑らせる。トントンと人差し指で突き、顔を上げた。

　――帰らなくちゃいけない。でもそれは、あの人に屈するためじゃない。私にできることを成すために、今は戻らなくちゃいけないの。

どうか通じてくれと眼差しで祈った。

逃げたいからではない。後ろ向きの理由ではなく、戦うためだ。その強さをくれたのは、他でもないイシュトヴァーンだった。誤解があって沢山傷つけられもしたけれど、委縮していたクリスティナの心をよみがえらせてくれたのも彼だった。

だから、きちんと告げたい。彼にだけは理解していてほしい。

――全てが終わった時にこそ、私はイシュトヴァーン様に想いを告げることが許されるのかもしれない。

仮に結ばれることがなくても、きっと胸を張って言える。自分を想ってくれてありがとうと、誇りを持って別れを告げられる気がした。あまりにも遠いこの人への、最後の見栄。どれだけ辛くても、みっともなく縋ることだけはしたくない。輝く世界で生きる彼に、クリスティナは何の利益ももたらせないから、共に歩むことはできないのだ。

好きだと言ってくれただけで充分。その思い出を胸にこれから先も生きていける。

愛しているからこそ、イシュトヴァーンの足を引っ張る真似はしたくなかった。

クリスティナの強い眼差しを、彼がじっと見返してくる。どこまで伝わったのか分からないが、しばらくの沈黙の後、頷いてくれた。

「……帰りたいんだね？　いつか理由を教えてくれる？」

何もかも終わった時には、必ず全て説明する。誓いを立てるつもりで、今度はクリスティナからイシュトヴァーンの手の甲へキスを贈った。すると静謐な眼差しで見つめ返される。

「……分かった。君を連れて戻ろう。でも正直、継母と君を会わせたくはない。背中の傷は、彼女の仕業なのだろう？」

この問いへの回答くらいは許されると判断し、クリスティナは控えめに頷いた。

背中に刻まれた鞭の痕はかなり癒えてきている。しかし完全に消えることは今後もないかもしれない。そう思い無性に悲しくなって眼を伏せると、彼に頭を引き寄せられ、つむじにキスをされた。

「大丈夫。僕が必ず治してみせる。心配しなくていい。もし万が一傷が残ってしまっても、僕の気持ちは微塵も変わらないよ。きっとこれは君が懸命に戦ってきた証だから……全てひっくるめて、僕はティナを愛している」

耳元で囁かれ、肌が粟立つ。

嬉しい。イシュトヴァーンが言うのなら、信じられる。もう、彼を疑ったりしない。撫でられた背中が、痛みとは別のざわめきを生んだ。

「……っん」

思わず漏れた吐息が、甘く濡れる。羞恥に駆られたクリスティナが慌てて口を噤むと、情欲を宿らせた彼と眼が合った。

「ごめんね、ティナ。たとえ君が傷ついていても、僕は後悔していない。きっと何度繰り返されても同じことをする。弱っている君につけこむことだって、躊躇わないよ」

非情な台詞とは裏腹に、触れてくるイシュトヴァーンの手はどこまでも優しかった。口づけも果てしなく甘く、クリスティナの官能を引き出してくれる。

奪うのではなく、快楽を分かち合い与えようとする様に、身体より先に心が潤んでいた。

「……ぁ」

鼻に抜けた息が、艶めいた音になる。

密着したまま身体の線を辿られるともどかしく、身をくねらせて自ら刺激を求めてしまう。布地に擦れたクリスティナの胸の頂は、早くも硬くなり色づいていた。

夜着越しに舌を這わされると唾液を吸った布が淫靡に肌を透けさせる。特に乳房の飾りは、艶めかしい赤を主張していた。

「つん、ふ……」

お互い立ったままなので、腰を屈めた彼が自分の胸に舌を這わせる様子を見下ろすことになってしまう。いやらしく水音を奏でられ、余計に羞恥が増した。

逃げたくても、腰を抱かれていては難しい。いや、膝が震えている今のクリスティナでは、後ろに一歩下がることさえ困難だった。

秀麗な美貌のイシュトヴァーンが、卑猥に舌を蠢かせている。布ごと乳嘴《にゅうし》を食まれ口内で転がされ、ちゅっと吸い上げられると、擦れる刺激が堪らない愉悦を呼んだ。その全てをつぶさに見せつけられることとなったクリスティナは、真っ赤になって声を押し殺した。

「本気で嫌なら、僕を突き飛ばして」

狡《ずる》い。そんなふうに言われたら、できるわけがない。本心では、嫌じゃないからだ。

抵抗しないクリスティナは抱き上げられ、満足げに微笑んだ彼にベッドへ運ばれる。壊れ物を扱うようにそっと仰向けで下ろされたと思えば、蕩けるようなキスをされていた。

「……ん、ん……」

粘膜を擦り合わせ、口いっぱいにイシュトヴァーンの舌を迎え入れる。足首で鳴る鎖の音はまるで気にならなかった。むしろチャラッと控えめな音は、クリスティナが快楽に耐えきれず身動きした証だ。

気持ちがよくて四肢を戦慄かせる度、金属音が奏でられ、嫌と言うよりも恥ずかしい。

爪先が丸まり踵がシーツを滑るほど、鎖が無機質な音を立てていた。

「……ぅ、あっ」

「ティナ……」

不意に右足首に解放感を覚え、クリスティナは瞬いた。驚いて頭を起こせば、戒められていたはずの足首に、何も嵌まっていない。ただ白い自分の脚だけがそこにあった。

「……っ？」

「もうこれは、必要ない。そう信じていいだろう？　ティナ」

イシュトヴァーンの手に握られた足枷と鎖が、床に落とされる。毛足の長い絨毯に、それらは静かに埋没した。

「こんなものでいくら君を縛りつけても、欲しいものは手に入らないのに。僕はティナが関わると、途端に頭が働かなくなる」

軽くなった足首へ、彼の舌が這わされた。先ほどまで無機質なものが触れていた部分に、熱く柔らかなものが這い回る。その落差に、ゾクゾクと肌が粟立った。敏感な場所でもないのに、もどかしい愛撫が全身に喜悦を巡らせる。

懸命に口を押さえていなければ、声が漏れてしまう。これまでも我慢するのは大変だったが、今日は殊更溢れそうな嬌声を堪えるのに必死だった。

どこに触れられても、何をされても気持ちがいい。それどころか彼の声を聞くだけで、呼気がそよぐ感覚にさえ淫悦が掻き立てられた。

「ん、ぅっ……んん」

イシュトヴァーンの気配が近くにあると、勝手に身体が昂ってしまう。脚の付け根にぬめりを感じ、頬が紅潮する。あまりにも淫らな己の反応に戸惑い、クリスティナは涙ぐんだ瞳で彼を見上げた。

「ティナ、君は本当に僕を煽るね。万が一君が本物の魔女であったとしても、驚かないな。むしろ喜んで、誘惑されると思う」

「ん、ァっ」

脛から膝、太腿に移動した彼の舌がクリスティナの内腿を擽った。合間に唇で食まれ、吸い上げられる。軽い痛みに、赤い花を刻まれたことが分かり、嬉しかった。イシュトヴァーンのものである証拠を残された気分になれたからだ。

彼の方こそクリスティナを誘惑する悪魔。その美しさと甘言で惑わし、快楽で支配する。だが逆らう気はない。

人間の方がよほど恐ろしく残酷だと知った今、クリスティナもイシュトヴァーンの導きなら喜んで堕ちてゆく。結婚もしていないのに淫らに躾けられた身体は、男の手で淫猥に花開いていた。

「っ、ぁ……うっ」

胸の上まで夜着を捲りあげられ、剝き出しにされた肌に幾つもの花弁が散る。滲んだ汗が滑り、この上なくいやらしい。火照った下腹を撫でられて、クリスティナはか細い悲鳴を上げた。

「ひ、あっ……」

「ティナ、綺麗だ。もっと見せて」

大きく開かれた脚の間に顔を埋められ、恥ずかしさよりもこれから与えられる快感に期待が募る。いつもイシュトヴァーンがくれる快楽を、クリスティナの身体は完全に覚えてしまった。トロトロと蜜をこぼし、花芯が慎ましくも顔を覗かせている。

早く触れてと乞う浅ましさに、息が乱れた。

「美味しそうに熟《う》れているね」

「んんっ……！」

彼の舌先が淫芽に接触した瞬間、脳天まで悦楽が走った。雷に打たれたような激しさに、一気に高みへ押し上げられる。跳ね上げた腰は、しっかりとイシュトヴァーンに抱えられていた。

「もっと味わわせて、ティナ」

「くっ、ぁうっ」

眼前に光が明滅する。花芽を転がされると全身に汗が浮いた。勝手に手足が踊ってしまい、淫らな声が押し出される。淫猥な水音が鼓膜を叩き、軋むベッドの音が生々しい。じゅっと吸い付かれた瞬間、クリスティナの全身が痺れた。

「……っ……！」

声は我慢できたのではなく、あまりの喜悦に出せなかっただけだ。仰け反った身体を押さえ込まれ、まだ余韻の燻ぶる内壁に彼の指が侵入してくる。達したばかりの隘路は敏感で、いきなり二本も差し込まれては堪らない。

クリスティナは身悶えしながら逃げを打ったが、それを許してくれるイシュトヴァーンではなかった。

「んぁッ」

感じる部分を容赦なく探られ、再び絶頂への階段を強制的にのぼらされた。息も絶え絶えになりながら視線で無理だと告げても、微笑み一つで撥ね退けられる。クリスティナの身体は彼に知り尽くされており、最初から抵抗など無駄だった。

「やっ……ん、ァっ、あ」

「今までより可愛らしく鳴いてくれるね。でも、足りない」

「はぅっ」

内壁を擦られながら快楽の蕾を舐められ、意識は簡単に飛ばされた。溢れた愛蜜で下肢はぐちゃぐちゃになっている。濡れそぼった指先をこちらに見せつけながら舐め取るイシュトヴァーンの淫猥さに、眩暈が引き起こされた。

酷く喉が渇いて、クラクラする。眼を逸らせなくなったせいで、クリスティナは彼が服を寛《くつろ》げるのを、しっかり見てしまった。

「……！」

飛び出してきた剛直の凶悪さに、慌てて眼を逸らす。全てが美しく気品に溢れるイシュトヴァーンの身体の一部とは到底思えない。見てはいけないものだと咄嗟に思った。しかし眼に焼き付いてしまった造形は、消えることがない。

ほんの一瞬だったにもかかわらず、クリスティナの記憶にしっかり刻まれた。

あんなものが自分の身体に入っていたなんてとても信じられなかった。大きくて硬そうな屹立で突かれては、腹が破れてしまうのではないかと不安になる。しかし同時に淫靡な渇望が、新しい愛液を吐き出させているのも事実だった。

蜜路が切なく震え、空《うつ》ろを埋めてほしいとねだっている。彼の指や舌でされるのも気持ちがいいけれど、クリスティナは既にもっと圧倒的な快楽を教えられていた。それをくれるのは、イシュトヴァーンの楔《くさび》だけだ。

「ごめんね、ティナ。僕は君を愛しすぎて溺れている。常識や理性なんて、簡単に捨ててしまえるほどに」

「あっ……」

全て脱ぎ捨てた彼が、クリスティナの胸元に引っかかるだけになっていた夜着を取り払い、覆い被さってくる。充分に濡れていても、繋がる瞬間は少し苦しい。まして今日はいつも以上に彼のものが質量を増しているように思えた。

透明の滴をこぼした先端が、ゆっくりと秘裂に埋められてゆく。内側から押し広げられる感覚に、力がこもった。クリスティナが喘げば、イシュトヴァーンが喜ぶ。「どんな反応であっても、無視されるよりはずっといい」と囁き、腰を進めてきた。

「ぅ、あ……あ」

「ティナ……本当は、どこにも行かせたくない。ずっとこの部屋に閉じ込めておきたい」

少しずつ埋め尽くされる。もどかしいほどゆっくり繋がり、二人の腰が隙間なく重なった瞬間、何故かお互いに微笑んでしまった。

指を絡めて手を繋ぎ、上半身も密着させる。体温と呼吸が混じり合い、境目がなくなった錯覚に陥った。このまま二人、溶けて一つになれたらいいのに。そうすれば、いずれ離れなければならないことなど、考えなくて済む。

イシュトヴァーンに辛そうな顔をさせることもない。

——忘れないでおこう。今日この日を。

まるで恋人同士のように抱き合った、特別な一日だから。ただ身体を繋げたのではなく、心が通じ合った気がする。だからこそどうしようもなく気持ちがよくて切なかった。

クリスティナは彼の腰に自ら両脚を絡め、引き寄せる。最奥に達したイシュトヴァーンの切っ先に行き止まりを小突かれ、動いてもいないのに愉悦が押し寄せた。キスを乞えば、言葉にせずとも口づけが降ってくる。情熱的な瞳で見つめられ、心が震えた。

だからこれで充分だ。幸せすぎて涙が溢れる。

クリスティナの頬を濡らす滴は、彼が吸い取ってくれた。

「……泣かないでくれ、ティナ」

イシュトヴァーンが涙の意味をどう解釈したのかは分からない。悲しみではないと悟ってくれたと信じている。それでも勘のいい彼のことだから、幸せな未来だけを思い描いていたのではないことも知られてしまったかもしれない。

問わずにいてくれるのは、たぶんイシュトヴァーンの優しさだ。今はまだ説明できないクリスティナの気持ちを考え、待ってくれているのだろう。

「……っん、ぁあっ……」

緩やかに揺らされ、指先まで甘く痺れた。体内を往復する剛直が、過敏になった濡れ襞を擦り上げる。淫靡な音を立て、彼を咀嚼している気分になった。混じり合う体液が泡立って、溢れた滴が淫らな染みをシーツに描き、一層互いの動きを滑らかにする。あまり密着していては動きにくいけれど、離れる気にはなれなかった。

ほんの僅かな隙間も作りたくない。一体感をなくしたくなくて、思いきり彼の身体にしがみつく。するとイシュトヴァーンも同じ気持ちなのか、クリスティナを固く抱いたまま体勢を変えた。

「……っ？」

「これならぴったりくっついて、君を味わうことができる」

抱き上げられ、下ろされたのは座った状態の彼の脚の上。体内にはイシュトヴァーンの屹立が埋められたまま。クリスティナは自重で深々と貫かれ、喉を震わせた。

「すごい。中がうねって、食い千切られそうだ……」

「ぅ、アッ……ぁ、あっ」

話す振動が響いて、新たな愉悦が湧き起こる。クリスティナは太腿に力を込め膝立ちになろうとしたが、無理だった。少し動いただけで彼の下生えに淫芽が擦られ、四肢が戦慄き自由にならない身体が虚脱して、まるで自分から硬い楔を呑みこむ形になる。

偶然なのか感じる場所を思いきり抉られて、視界が白く染まった。

「……はっ……酷いな、ティナ。もっと君の中にいさせて」

妖しい色香を滴らせ、イシュトヴァーンがクリスティナの耳に息を吹きかけてくる。注ぎ込まれる美声に酔い、尚更体内が収縮した。

「んんっ……！」

逞しい胸板に色づいた乳房の頂が擦れ、そちらからも淫悦が煽られると、我慢などできるわけもない。クリスティナは涙も唾液も拭う余裕がなくなって、唇を噛み締めた。

「噛んでは駄目だ、ティナ。ほら口を開けて。僕とのキスは嫌い？」

唆《そそのか》され、素直に従ってしまうのは、嫌いじゃないからだ。むしろ彼との口づけは甘美すぎて逆に怖くなる。舌を絡ませ合うと理性が奪われ、頭が霞がかってしまい、他のあらゆることがどうでもよくなっていく気がした。

混じり合った唾液を嚥下し、クリスティナはますます溺れてゆく。息を継ごうとして開いた唇は、深いキスを誘っただけだった。

「ふ、あっ……」

「動くよ、ティナ」

「……ヒッ、ぁああっ」

下からの突き上げは荒々しく、先ほどまでの穏やかさなどもはや微塵も感じられない。はじめから最奥をこじ開ける勢いで穿たれ、クリスティナの全身が弾んだ。

飛び散る汗と、溢れる愛蜜。艶めかしい音が地下室に響き、鼓膜を打つ。激しく上下に揺れる視界の中、捉えられるのはイシュトヴァーンの姿だけ。焦がれ続けた男に狂おしく求められ、クリスティナは快楽の海に投げ出された。

「……ッぁああ……！」

熱い迸りに子宮の中を濡らされる。喉を晒して仰け反れば、逞しい腕に支えられていた。最後の一滴まで注ぐように腰を押しつけられ、いつまで経っても高みから下りてこられない。痙攣する指先が弛緩するまで、クリスティナは繰り返し全身をひくつかせた。

「ティナ……愛している……っ」

——私も。

意識を失う直前、唇を震わせた言葉は、声にならなかった。

6　魔女の受難

久しぶりに目にした故郷は、どこか荒《すさ》んだ空気を漂わせていた。

クリスティナとイシュトヴァーンは馬車から降り、町で一番栄えている通りを見渡す。

顔を隠すため目深に被ったフードの下から覗き見ると、人通りが極端に少ない。開いている店はまばらで、歩く人も皆暗い顔をしていた。

――どうして……？

もともと閉鎖的なところがある地域ではあるが、ここまでではなかったと思う。『いかにも余所者』の格好をしたクリスティナたちを見て、人々はあからさまに視線を逸らしていた。

「……何かおかしいな」

彼も気がついたのか、訝しげに眉間に皺を寄せている。警戒しているらしく、クリスティナをそっと背中に庇ってくれた。

「食堂か宿に行ってみよう。そこでなら話を聞けるだろう。いきなりセープ家の屋敷へ行くよりも、情報を仕入れてからの方がいい――僕から離れないで、ティナ」

日用品や野菜など、地元民を相手にした店舗からは、強い拒絶が感じられた。仮に話しかけても無視されそうな気配に、嫌な予感が募る。イシュトヴァーンの言葉に頷いたクリスティナは、無意識に彼の服の裾を握っていた。

「ふふ……昔に戻ったみたいだ。子供の頃は、よくこうして僕を追いかけてきたね。でも今は手を繋いだ方がいいかな」

差し出された手におずおずと自らの手を重ねると、イシュトヴァーンは蕩けるほど甘く微笑んでくれた。その嬉しそうな表情を見ていると、クリスティナはドキドキしてしまう。

「再会以来、手を繋いで歩くのは初めてだな」

改めて口にされると、急に意識して恥ずかしくなった。絡ませた指が熱くて、どこを見ればいいのか分からなくなる。仕方なく、手を引かれるまま歩き彼の背中を追った。

足枷を外された翌日、イシュトヴァーンは早速、旅支度を調えてくれた。移動に費やした日数は三日。前回クリスティナが故郷から王都へ連れ去られた際は薬で半ば眠らされていたため、片道四日を要したが、今回は自分の意思で移動しているので随分短くて済んだ。

家紋の入っていない馬車を飛ばし、服装も貴族のものではなく庶民のものに着替えて、まるで変装しているみたいだと思う。実際、目立たぬよう細心の注意を払い、顔も隠しているのだから、あながち違うとも言えなかった。

堂々と戻るより、様子を見つつ帰った方がいいというのは、彼の提案だ。クリスティナとしても、同じ考えなので否やはない。誰にも知られない内に教会の地下牢に戻れれば、万事解決するのではないかと思っていた。だが——町に漂う不穏な空気に、尻込みしてしまった。

——まるで、町全体がお葬式みたいだわ……

領民たちは他者との関わり合いを恐れ、それでいて監視し合うように鋭く周囲を見回している。特に旅装に身を包んだクリスティナとイシュトヴァーンは目立つらしく、あちこちの物陰から視線を感じた。

どうにも居心地が悪く、不快だ。

近年はほとんど屋敷から出られない生活をしていたけれど、たまの外出でもこんな扱いを受けたことは一度もなかったのに、何もかもがよそよそしい。得体の知れない人物を警戒しているにしても、尋常ではない重苦しい空気だった。

「大丈夫。僕が必ず君を守る」

クリスティナは不安のあまり、繋いだ手に力がこもってしまった。握り締めた手を、もう片方の手で彼が摩ってくれる。たったそれだけで肩の力が抜けてしまう自分は、単純なのかもしれない。ホッと息を吐き、小さく頷いた。

やがて辿り着いた宿屋は、町ではセープ家の屋敷に次いで大きく立派だ。富裕層だけが利用することもあり、普段であれば満室ということもないが、客がいないということもない。しかし扉をくぐった瞬間、静まり返った宿内にクリスティナは驚いてしまった。

客どころか、従業員さえいない。しかも何やら寂れている。飾られた植物は、枯れかけていた。

「前回来た時とは随分違う……」

イシュトヴァーンの呟きが聞こえたのか、奥から店主が顔を覗かせた。けれど接客業とはとても思えない渋面を作り、面倒くさそうに手を振る。

「悪いが、今日は営業していない。泊まるつもりなら、隣町まで行ってくれ。きっと他の宿屋に行っても、数日は宿泊を受け付けないだろうさ」

「……どういうことだ？」

話す気がなさそうな店主を捕まえ、イシュトヴァーンが問い質した。しばらくは曖昧に濁していたが、金を渡すと途端に男は饒舌になる。とはいえ、外に声が漏れることを恐れているのか、酷く押し殺した声で語り始めた。

「……今日の夜、教会前の広場で魔女の処刑があるんだよ。だからお客さん、悪いことは言わない。今の内に町を出た方がいい。みんな神経質になって、おかしくなっているからな」

「何だと……？」

店主の言葉に、クリスティナも愕然とした。咄嗟に自分のことかと思ったが、今ここにいるのだから違うだろう。ではいったい誰が？

「……魔女の告発には、政府の認可が必要だ。地域ごとの勝手な裁判は禁止されているはずでは……？」

「難しい法律のことは、私にはよく分からん。だが、司祭様自らの告発だから、誰も異議を唱えないし、早く処刑してしまえという声が大半なんだ」

――フェレプ様が……？

この町の司祭である彼の力は絶大だ。赴任してまだ年月は浅いけれど、領主であるクリスティナの父にも負けず劣らずの権力を有していた。そのフェレプが告発したとなれば、確かに有罪は確定したのも同然だろう。まともに取り調べがあったかどうかも怪しい。

自分がいない間に何があったのか想像もできず、背筋が震える。恐ろしいことが起こっているという確信だけが急速に強まり、クリスティナは眼の前が暗くなってゆく心地がした。

クリスティナ自身、魔女の存在を心の底から信じているわけではない。それでも、怖いと感じる程度に身近であり恐怖の対象だった。若い世代でさえそうなのだから、年老いた人々にとっては、絶対に排除しなければならない『異物』なのだろう。それ故に、過去、陰惨な処刑がまかり通ったのだ。

クリスティナの祖父母の時代には、魔女狩りの嵐が吹き荒れたと聞いている。一度火がつくと、疑心暗鬼は瞬く間に深まり、払拭することは難しい。隣人を疑い、貶め、処刑場に次々と追いやる……そんな残酷なことが繰り返されるのかと、吐き気を覚えた。

「処刑とは穏やかじゃない。近年では告発を受けても、無罪放免となることが珍しくないだろう？」

「そりゃそうさ。この辺りだって数年前に告発された魔女がいたが、結局は罪に問われなかった。でも今回はそう簡単にはいかないだろう。何せ……」

「告発者が司祭だからか？」

イシュトヴァーンの言葉に、店主が頷く。更に言いにくそうに続けた。

「しかも告発されたのは、領主様だ……この町がどうなっちまうのか、私は不安でしょうがないよ……」

「っ!?」

クリスティナが驚きのあまり男に詰め寄ろうとすると、イシュトヴァーンにやんわり制された。取れそうになったフードを直され、肩を摩られる。今ここで正体を明かすのは得策ではないと告げる彼の眼差しに抑えられ、クリスティナは悄然と肩を落とした。

――どうして、お父様が……っ？

「この町の領主は、有能で慕われていると聞いていたが……」

「ああ、だがよく分からんがお嬢様が魔女になり、悪魔に連れ去られたらしい。それで、父親である領主様が逃亡に手を貸したとして告発されたんだ」

眼前が真っ暗になり、クリスティナは懸命に足を踏ん張った。前に立つイシュトヴァーンを支えにして、込み上げる嘔吐感と戦う。一瞬でも気を抜けば、意識を手放してしまいそうなほど、視界がグルグルと回っていた。

——私のせい……？　私が、姿を消していたから……！

「領主様のお子様方は、ほとんど屋敷に引きこもりっ放しで、私たちは顔もろくに知らないけどね。とにかくそのお嬢様が先に悪魔と契約し、次に父親を引きこんだらしい……フェレプ様がそうおっしゃるのだから、間違いはあるまい。イザベラ様も最近の夫の異常さには気がついていたと証言されている」

罠に嵌められたのだと、嫌でも気がついた。最初からあの二人はこうするつもりだったのかもしれない。いくらお人好しのクリスティナでも、もう彼らとの約束を信じることは難しかった。

——テオドルは、どうなったの……？

愛しい弟は無事だろうか。姉と父がこんなことになって、どれだけ苦しんでいることだろう。

震える指先で、クリスティナはイシュトヴァーンの服の裾を引いた。振り向いた彼と眼が合った瞬間、力強く頷かれる。

「……ところで、領主には跡取り息子もいたと思うが？」

「ああ、テオドル様のことか。あの方なら、イザベラ様が傍についているから大丈夫だろう。まったく、お可哀想になぁ。でもしっかりした継母がいて、ある意味幸運だったのかもしれん」

「……そうか。では当面は安全なのだな」

「イザベラ様がいれば、問題ないだろう。あの方は信心深く、情の深い方だから」

こんな時なのに、何も言わずともこちらの言いたいことを正確に汲み取ってくれるイシュトヴァーンに歓喜が湧いた。言葉にできなくても、通じ合っている。瞳でする会話に、心が励まされた。

――ああだけど、お父様……！　テオドル……！

外面のいい継母が称賛され、罪のない父が処刑されようとしている理不尽さに、消し炭になりそうなほどの怒りが湧く。ギリギリのところで制御できたのは、イシュトヴァーンのおかげだ。傍にいて、クリスティナを助けてくれると信じているから、自暴自棄にならず耐えていられる。

彼が処刑の時間や場所などを詳しく聞き出している間も、叫び出したい衝動を抑えつけることができた。

「なるほど。だから町の住民が妙によそよそしかったのか」

「あまり他所《よそ》に知られては困るからねぇ……忌まわしい魔女として領主様が告発を受けたなんて、前代未聞じゃないか。皆、とばっちりを受けちゃ堪らんと思っているんだよ。ああ、私が話したことは、内密に頼む。もしも魔女の仲間だと言われたら、かなわない」

抜け目なく口止めしてきた店主に礼を述べ、クリスティナたちは宿屋を後にした。

再び刺さるような視線を浴びながら、待たせていた馬車に戻る。町の出口に向かえば、あからさまにホッとした空気が漂ってきた。

「――想定外だ。まさかこんな事態になっていたとは……殿下に連絡を取る余裕はないな……」

思案する彼は、車窓から外の景色を睨みつけていた。夕刻が迫り、黄色味を帯びた光が片田舎の町を照らしている。それだけ見ていると平和そのものの光景なのに、クリスティナは不穏なものを感じ、息が詰まった。

心細さから無意識に、向かいに座るイシュトヴァーンへ手を伸ばす。クリスティナの双眸には、不安が溢れかえっていた。

「ああ……大丈夫だ、ティナ。必ず僕が何とかする。――こんなことになって、すまない」

彼から謝罪され、初めてイシュトヴァーンが責任を感じていることに気がついた。口づけられた手の甲が熱い。罪悪感を滲ませた彼は、深く首を垂れた。

「まさか君の父親が告発されるとは……僕の見通しが甘かった」

貴方のせいではない。最初から、彼を責めるつもりなど微塵もなかった。地下牢から連れ出されたことも、全て自分のためにしてくれたことだと分かっている。

思いきり首を左右に振り、クリスティナは大きく息を吸った。

「イ……シュト、ヴァーン様……の、せいでは、ありま……せん」

ほぼひと月振りに絞り出した言葉は、酷く掠れていた。上手く音になりきらず、違和感を伴って耳に届く。喉が退化してしまったのか、たったそれだけ発するのも一苦労だった。

「……ティナっ……？」

ずっと呼びたかった名前。自分の声はこうだったのかと、ある意味新鮮に響いた。

上手く動かない舌を叱咤して、クリスティナは言葉を紡ぐ。一番届いてほしい人に。聞いてほしい愛しい人に。

「貴方が……私を、助けてくださいました……だから、苦しまないでください……」

地下牢からは勿論、迷子になり委縮していた心の檻からも。強引に連れ出してくれたのは他の誰でもない、イシュトヴァーンだ。きっとあれくらいでなければ、クリスティナは自分の置かれた現状がおかしいことに今でも気がつかなかっただろう。

そう。イザベラに隷属し、愚直に約束を守る必要はないのだ。選択肢は他にいくらでもあったはず。それなのにクリスティナには盲目的に従うことしか思いつかなかった。

――あの人たちははじめから約束を守るつもりなんてなかったんだわ……だってまだ、ひと月は経っていない。それなのにこんなことになるなんて、絶対におかしい。

父が魔女として捕われたと知り、自分の眼を曇らせていた最後の霧もようやく晴れた気がする。

クリスティナはたぶん、怒ってよかったのだ。

自分とテオドルを虐げ、不貞を働いて尚、己の非を認めない継母を糾弾してもよかった。父に窮状を訴えて、イザベラの本性を暴くことをすべきだったのだと、今なら分かる。

家族を守っているつもりでクリスティナがしていたのは全て、継母にとって都合がいい行動だったに違いない。我が身を憐れむばかりで口を噤み耐え忍ぶだけの姿は、さぞ滑稽だったことだろう。

何かをしているつもりで、何もしていなかった。ただ蹲り嘆いていただけ。

このまま黙っていても約束が果たされることはない。ならば、もはや沈黙の誓いを守る理由はどこにもなかった。

「ティナ……ああ、もっと君の声を聞かせてくれ」

身を乗り出したイシュトヴァーンに手で両頬を包まれ、真正面から覗き込まれる。潤んだ青い双眸は、神秘的な光を湛えていた。

「ずっと……貴方を信じきれなくて、ごめんなさい……イシュトヴァーン様……会いたかった……」

夢に見るほど、焦がれていた。八年前から思い出さない日は一度もなかった。いや、母親に連れられ初めて出会った日から、次に会えるのを心待ちにし続けてきたのだ。

その気持ちを、やっと告げられた。

「手紙の件は……私からやめたのではありません。むしろ、ずっと返事を待っていました。でもイシュトヴァーン様から届かなくなって……私との繋がりを断ちたいのだと、悲しかった……」

「ああ、だから……」

短いやりとりでも、彼は何があったのかを察してくれたらしい。クリスティナは少しずつ滑らかに動くようになった舌へ、更に力を込めた。

「全部、説明させてください。——七年前からのことを」

小刻みに震える手を、そっと握られた。たったそれだけで、安堵する。馬車の狭い空間の中で見つめ合い、深く頷くイシュトヴァーンにクリスティナは全てを打ち明けた。

イザベラから虐待を受けていたこと。

助けてくれる人は誰もいないと思い込んでいたこと。

おそらく手紙は握り潰されていたこと。

そしてテオドルを守るため、不貞を働いた継母と司祭を見逃し、圧倒的に自分に不利な『約束』を交わしていたことを。

「……今考えてみれば、ひと月口を噤めば全てを守れるなんて、欺瞞《ぎまん》ですね……そもそも私が魔女として扱われたことが不当なんですもの……」

だがあの時は分からなかった。他に選択肢はないのだと、視野を狭められていたからだ。

「けれどクリスティナは、イザベラからの呪縛を解いて、僕を信じてくれる気になったんだろう？　それはとても勇気がいることだと思う。人は抑圧され長く恐怖に晒されていると、当たり前の判断力もなくしてしまうものだ。――だから、この手を取ってくれて、本当に嬉しい」

いつの間にか指は深く組み合わされ、簡単に解けないようになっていた。

重なった手が、安心感を運んでくる。

独りじゃない。頼ってもいいのだと、言葉より雄弁に語ってくれた。

「……っ、私を……私たち家族を助けてくださいますか……？」

「勿論。辛いことを打ち明けてくれて、ありがとう」

指先に贈られたキスが熱い。思わずこぼれてしまった涙を拭われ、頬も同じだけ熱を孕んだ。

イシュトヴァーンに触れられたところ全てが、溶けてしまいそうになる。絡まる視線も、降りかかる吐息も、のぼせそうになるほど温度が上がってゆく。

会えなかった八年間の空白は、刹那の内に埋められていた。

「――ずっとこうしていたいけれど、時間がない。ティナ、教えてくれ。この町に関しては君の方が詳しい。どうにかして人目につかず教会前の広場に近づける方法はないか？」

真剣な面持ちの彼に問われ、クリスティナも気を引き締める。

このままの格好で向かっても、余所者として警戒心を抱かれかねない。それ以前に途中で正体が知られれば、騒ぎになる恐れがあった。

皆が恐慌に陥ってしまえば、抑制の利かない集団に襲われることだって考えられる。しかも教会前の広場は町の中央だ。

クリスティナは必死で思考を巡らせ、あることを思い出した。

「……そうだわ。セープ家の屋敷と教会は、地下で繋がっているんです。いざという時のための逃走用の通路として……」

母が亡くなる前に教えてくれたことだ。あの時は日々弱ってゆく母への悲しみの方が強くて、重要な話ではないと思い、聞き流してしまった。

だが今は、亡き生母がクリスティナに救いの手を差し伸べてくれた気がする。

「ええ、そう。確か領主夫妻の寝室に隠し扉があるはずです。開け方も、覚えています」

代々の主とその妻にのみ伝えられてきたこと。自らの先を悟った母は、娘であるクリスティナに秘密を託したのだ。

「なるほど……だがそれでは、イザベラだって知っている可能性があるのではないか？」

「いいえ。たぶん、それはないと思います。知っていれば、司祭様との密会はもっとひっそり行われていたと思いますもの。それに教会側からは通路を開けられないとも聞きました」

かつて政情が不安定だった時代ならば、隠し通路の重要性は高かっただろうが、現在では過去の遺物に過ぎない。父もたいして重視していなかっただろう。おそらくは、記憶の片隅に追いやられているのではないか。

実際、クリスティナだって必要に迫られなければ思い出しもしなかった。

「ではその通路を使えば、誰にも見つからずに教会まで行けるということか……」

「はい。処刑が行われるという広場は眼の前です」

「分かった。ではまずはセープ家の屋敷に行こう。町の人々はほとんど広場に集まり始めている……今なら人目につかずに辿り着けるはずだ」

ひと気のない通りで馬車を停め、二人は暮れ始めた空の下を足早に移動した。できるだけ誰にも会わない道を選び、クリスティナが先導する形になる。

幼い頃とは真逆だ。当時はいつも自分がイシュトヴァーンを追いかけていた。

急く心と不安から振り返れば、力強く頷く彼がいてくれる。優しくて頼りになる、理知的な眼差しはかつてと同じ。それだけで勇気を貫い、身体中に気力が満ちた。

「――裏に使用人用の出入り口があります。きっとこの時間なら皆使用人ホールで休憩中だわ。誰にも会わず、お父様たちの寝室に行けると思います」

到着したセープ家の屋敷は、静まり返っていた。『魔女』が出た家として忌避されているのか、周囲にはまったくひと気がない。しかしこれはクリスティナたちにとって好都合だ。

互いに息を整え、屋敷の中に足を踏み入れる。僅かひと月足らずの内に、随分冷ややかな空気が充満していた。

掃除も行き届いていないのか、そこかしこに汚れが溜まっている。二階に上がっても、薄汚れた感じは同じだ。クリスティナが不在の間に、『荒れた』という印象が強くこびりついていた。

「……酷い……」

イザベラの横暴がますます加速したのかもしれない。眼に見える場所がこの有り様では、テオドルがどう扱われているのか不安になる。痛ましくなり、思わずクリスティナが弟の部屋の方向へ視線を巡らせた時。

「――出して！　僕をここから出して！　誰か扉を開けてよ！」

絶叫と共に激しくドアを叩く音がした。

「テオドル……っ?」

弟の部屋の前には、机やソファ、チェストなど重い家具が置かれ扉を塞いでいた。声は当然中から聞こえてくる。悲痛な叫び声は、喉を痛めているのか掠れていた。

「まさか閉じ込められているのか……」

「ああ……テオドル……!」

「……お父様……お姉様……うぅっ……」

啜り泣きと共に、部屋の中で子供がしゃがみ込む気配がする。

いくらイザベラの命令であったとしても、あんまりだ。クリスティナは怒りに任せ、扉の前に堆《うずたか》く積まれた家具をどかそうとした。

「ティナ、僕がやる。君は誰か来ないか見張っていてくれ」

本当なら急いで先に進むべきかもしれない。けれど、とても弟をこのままにしていけないクリスティナの気持ちを、イシュトヴァーンは汲み取ってくれた。そして手際よく、家具を動かしてくれる。

すぐに邪魔なものは撤去され、非力なクリスティナが手を出す暇もなかった。

「テオドル……!」

逸る気持ちを抑えつつ扉を開けば、眼を真っ赤に泣き腫らした弟が呆然と座りこんでいた。記憶にあるより、やつれた小柄な身体。小さな唇が戦慄き、声を出してしまう前にクリスティナは慌てて膝をつき、テオドルを抱きしめた。

「今まで貴方を一人にしてごめんなさい……！」

小声で囁けば、弟は驚くほど強い力でしがみついてきた。その必死さに、テオドルがどれだけ辛い状況を耐えてきたかを窺い知る。

幼い身で、ずっと戦ってきてくれたのだ。自分がいない間に荒んでしまったこの屋敷の中、たった独りで、どれほど心細かっただろう。

「お姉様……！　本当にお姉様なの……っ？」

「ええ、そうよ。貴方のおかげで、イシュトヴァーン様が助けてくださったの」

たぶん、テオドルが勇気を出してイシュトヴァーンにクリスティナがどこにいるのか伝えてくれなければ、自分たちは再会することができなかった。イザベラの計画通り、魔女として処刑されてしまったかもしれない。

「良かった……ずっと心配していました。お姉様が急に教会で奉仕なんて、とても不自然だったから……」

「ありがとう、テオドル。でも今は再会を喜び合う時間があまりないの。お父様を助けに行かなくては……」

「そうです！　お母様――なんてもう呼びたくないけれど、あの人のせいでお父様が連れて行かれてしまいました……！」

父親は、視察から戻ってくると同時に、フェレプから告発を受け拘束されたらしい。それが二日前。以来一度も屋敷に戻ることなく、今日の処刑が決まったのだとテオドルが語った。

「……裁判もろくになかったのだね」

「はい、イシュトヴァーン様。使用人たちも司祭様の告発だから間違いないと言うし、お母様……あの人は嬉々としてお父様が悪魔に魅入られた証拠を提出しました。僕にもっと力があれば、止められたのに……！」

吐き捨てるように言った弟には、以前の弱々しさは微塵もなかった。クリスティナと離れていた間に少し痩せ、顔つきが大人びた気もする。扉を叩き続けた手は、痛々しく赤く腫れあがっていた。

「一緒に行きましょう、テオドル。お姉様を助けてくれる？」

「当たり前です！　僕にはたいしたことはできないけれど……それでも、この家の跡継ぎは僕です。お姉様を守る義務がある」

頼もしささえ感じられる弟をもう一度抱きしめ、クリスティナは立ちあがった。

「こちらです。イシュトヴァーン様」

廊下の一番奥まった場所に、夫婦の寝室はある。使用人たちは休憩が終われば、各部屋に湯を運んだり寝床を整えたりするだろう。その前に脱出しなければならない。

素早く目的の部屋に辿り着き、三人揃って室内に滑り込んだ。

寝室は、呆れるほど下品な様相になっていた。イザベラの趣味なのか、華美なベッドや調度品に替えられ、かつてとはまったく違う。父親のものとは思えない男物の室内履きやガウンもあった。

――お父様がもう屋敷に戻らないと、知っていたみたい……

いや、おそらくそういう予定だったのだ。最初からこんな状況になることを想定していた。イザベラとフェレプが手を組んで計画を練ったのだろう。

「……隠し通路は、この鏡の後ろです。開けるためには、壁の模様を決められた通りに押すようにと教えられました」

クリスティナはテオドルに室内の有り様をできるだけ見せないよう気を配りつつ、母から告げられた記憶を掘り起こした。

模様を押す順番は、さほど複雑なものではない。実際にやるのは初めてだが、難なくこなすことができた。

ギギ……と鏡の奥で軋む音がする。固唾を呑んで見守っていると、壁に嵌め込まれていた鏡がガコッと前に飛び出してきた。後は、女の力でも簡単に横へ動かすことが可能になる。その向こうには、下へ続く急な階段が闇の中に伸びていた。

「……すごい。冒険みたいだ……」

「テオドルは強い子だな。この状況でなかなかそんな感想は言えないぞ」

イシュトヴァーンに頭を撫でられ、弟は満更でもないらしい。照れくさそうに笑っている。無垢な笑顔が、クリスティナを勇気づけてくれた。

「行きましょう。二人とも、足下に気をつけて……」

寝室にあるランプを拝借し火をつけると、クリスティナは一歩踏み出した。真ん中にテオドルを挟み、後ろからイシュトヴァーンがついてくる。念のため通路の入り口を閉じれば、空恐ろしいほどの闇に閉ざされた。

「お姉様……」

「大丈夫よ、テオドル」

弟を励ましながらも、自分だって怖くて堪らない。声を震わせないようにするのが精一杯で、ランプを持つ手は小刻みに戦慄いていた。

「君たちは、僕が必ず守る」

「イシュトヴァーン様……」

滲みそうになる涙を堪え、後ろの二人のために足下を照らす。狭い階段は、人ひとり降りるのがやっとだった。とてもすれ違うことはできない。壁に片手をつき、慎重に降りていけば、やがて平坦な道に出る。どうやら地下についたらしい。

思いの外天井が高いおかげか、先ほどよりは圧迫感がなくなったけれど、ランプの光だけでは、先まで見通せない。長くまっすぐに伸びる暗がりがどこまでも続いているように感じられた。

本当にこの先に出口があるのか、クリスティナの胸に不安が過《よぎ》る。もし、記憶が間違っていたらどうしよう。いや、今も繋がっていると楽観視して大丈夫なのか。万が一イザベラやフェレプに隠し通路の存在を知られていたら……？

恐怖に心が侵食される。足が、前に進まない。ランプの焔が不安定に揺れ、通路内を不穏に照らした。

「大丈夫だ、クリスティナ。僕がついている」

その一言で心強くなれるのだから、本当に不思議だ。背中を押してもらえた気さえする。事実、クリスティナの乱れていた鼓動は、少しだけ平素の動きを取り戻していた。

――思い返してみれば、イシュトヴァーン様に再会する前の方が、ずっと辛く、先の見えない暗闇の中をさまよっている気持ちだったわ……

いや、さまよえてさえいなかったのだと思い直す。あの当時のクリスティナには、身動きする勇気も持てなかった。じっと蹲っていただけ。自ら行動するなんて思いつくこともなかった。

その時と比べれば、同じ闇の中でも今の方がだいぶマシだ。少なくとも、こうして前に進むことができている。彼が守ってくれると信じているから、どれだけ恐怖に震えても、立ち止まらず前を向ける。

じゃりじゃりと小石を踏み、ひたすら歩いた。

「お姉様、お父様のところに急ぎましょう！」

「ええ。……二人とも見て、地上への階段だわ……！」

この先に、必ず光があると信じて。

夜の闇の中、篝火《かがりび》が眩しく焚《た》かれていた。火の粉が踊り、広場を照らす。

隠し通路を抜け教会の地下から出たクリスティナたちは、ステンドグラス越しに、その恐ろしい光景を目の当たりにしていた。

中央に立てられた杭に、父親が括りつけられている。足下には藁《わら》などの燃えやすいもの。すぐ傍にはフェレプとイザベラ。彼らの周囲には柵が巡らされ、町中の人々が集まっていた。

「イザベラ様はお可哀想に……」

「なぁ、ちょっとみんな落ち着けよ。領主様が悪魔に魅入られたなんて、そんなはずはないじゃないか」

「でも実際、クリスティナ様は魔女になって消えちまったんだろ？」

群衆の後方にいる人々はまだ冷静なのか、比較的懐疑的な会話が囁かれていた。しかし前方に集まる人々はすっかり興奮し、雄叫びを上げる者までいる。

「殺せ！　殺せ！　不作も水害も、全部魔女のせいだ！」

「悪魔に魅入られるなんて、恐ろしい……」

「魔女になった娘は、まだ見つからないのか！　早く父親諸共火あぶりにしちまえ！」

悪意を表出させた人の顔ほど、醜いものはない。悲劇の妻を演じるイザベラが、痛ましげに伏せた顔の下で歪に嗤《わら》っているのがありありと感じられる。

クリスティナは思わず駈け出そうとして、イシュトヴァーンに止められた。

「ここで飛び出していっても、イザベラたちの思惑の餌食になるだけだ」

「でも、お父様が……！」

父親は、ぐったり項垂れている。もしかしたら、意識がないのかもしれない。今にも父の足下に火が放たれそうで、クリスティナもテオドルも蒼白になっていた。

「僕が行く。君たちはここにいてくれ」

「イシュトヴァーン様っ？」

制止する間もなく、彼は歩き出した。伸ばしたクリスティナの手が、虚しく宙を掻く。

慌てて後を追おうとすると、背後からテオドルにしがみつかれた。

「行っては駄目です、お姉様！　今お姉様が姿を現しても、余計に皆を煽るだけです」

そんなことは分かっている。だがじっとなんてしていられない。自分だけ安全な場所にいて、イシュトヴァーンを危険な目に遭わせるわけにはいかない。父を見殺しにもできない。

「放して、テオドル……！」

思いの外強い弟の力に動転し、クリスティナは愛しい人の背中を眼で追うことしかできなかった。

禍々しく炎を上げる松明が、父の足下へ近づけられる。クリスティナが悲鳴を上げそうになった時、フェレプが悲痛な面持ちで民衆を見渡した。

「これより、悪魔の手先を火刑に処す！　罪状は、先に通達した通りだ。魔女クリスティナにより父親も堕落した。故に私が告発をし、こうして神の名のもと断罪する」

わぁっと盛り上がる最前列に対し、後方の人々は当惑した顔を見合わせている。だがイザベラが涙ながらに、最近の夫の言動がいかに異常だったかを証言すると、その場の全員が静まり返った。

「私とテオドルは被害者です！　こんなことになってとても悲しい……ですが、司祭様が私たちを救ってくださると信じています」

何も実情を知らなければ信じてしまいそうになるほど、継母は哀れな妻を演じきっていた。そのふてぶてしさには嫌悪が募る。歓声が上がる中、込み上げる吐き気を堪え、クリスティナが教会の外に飛び出そうとした、その瞬間。

「静粛に!!」

足が止まったのは、イシュトヴァーンの声が響き渡ったからだ。よく通る美声が、興奮していた群衆を黙らせる。

人々の視線が一か所に集まり、痛いほどの沈黙が落ちた。

「魔女という言葉に騙されるな。賢明なあなた方が、真実を見誤ってはいけない！」

人を惹きつける声。立ち居振る舞い。それらは、簡単に身に着くものではない。生まれながらに持ち合わせている才能でもある。イシュトヴァーンの放つ威圧感に、興奮状態にあった人々も意識を奪われたらしい。

凍りついていた時間が緩々と解ける。すると集まっていた民衆にざわめきが広がっていった。

「だ、誰だ、あれは……」

「確か以前にもこの町に来ていらっしゃった貴族の方じゃ……」

何が起きたのか分からないのは、イザベラたちも同じだったようだ。誰もいないはずの教会内から、突然人が現れたのだから当然かもしれない。事態が呑みこめず、呆然としていた。

だが、いち早く正気を取り戻したフェレプが、憎々しげにイシュトヴァーンを指さす。

そして胸に手を置きながら、声を張り上げた。

「悪魔の手先だ！　仲間を取り返しに来たのか！」

「黙れ！　王太子の名のもとに、無実の者への私刑と姦淫《かんいん》の罪で、司祭フェレプとセープ夫人イザベラを拘束する！」

イシュトヴァーンのこれほどの大声を、クリスティナは初めて聞いた。フェレプの声など掻き消して、朗々と響き渡る。罪状はしっかり群衆の耳に届いたらしく、先ほどまでとは別の動揺が広がっていた。

「ど、どういうことだ？　領主様は無実だってことか？　それに姦淫って……」

「でたらめを言わないで！　どこに証拠があるって言うの！」

それまで打ちひしがれた妻を演じていたイザベラが、歯を剥いて抗議した。つい先刻まで失神しそうなほどの憔悴《しょうすい》を見せていた彼女の豹変振りに、余計人々の混乱が増してゆく。

いつものイザベラなら、もっと上手く立ち回ったかもしれない。しかしこの異常な状況で浮き足立ち、更にイシュトヴァーンが放つ威圧感に不利を悟ったらしい。それほど彼の存在感は大きく、その場にいる全員の眼を惹きつけていた。

「では逆に問うが、お前たちこそ領主と娘が悪魔の手先だという、明確な証拠があるのか」

「そんなもの……神に仕える私だからこそ、看破できたのだ」

イザベラよりも強かなフェレプは、余裕を取り戻しつつあった。笑顔を浮かべながら祈りの言葉を吐き、自分が司祭であることを印象付ける。すると集まっていた民衆の数人がいきり立ち始めた。

「そうだ！　貴族だか何だか知らないが、司祭様がおっしゃるのなら、間違っているわけがない。あの男こそ悪魔じゃないのか！」

「イシュトヴァーン様……！　テオドル、お願い放して……！」

一度火がついた集団心理は、簡単に沈静化しない。どんどん火力を増し、暴発するまで膨れ上がる。そうなってしまえば、イシュトヴァーンが無事でいられる保証はなかった。

クリスティナはテオドルを引き摺りながら教会の外へと向かう。誰にも傷ついてほしくない。父も、弟も、そしてイシュトヴァーンにも。大事な人たちを守れるなら、我が身がどうなっても構わなかった。

「――なるほど。教会は絶対というわけか」

「当たり前だ！　信じるべきは神のご意思だ。私はその体現者だぞ！　嘘など吐くものか。神聖なる教会の敷地から、出て行きたまえ！」

「神聖な教会が、地下牢に無実の娘を監禁し、行方不明になったと騒ぎ立てるのか？」

「馬鹿を言うな！　そんな恐ろしいものがこの教会にあるわけがない！」

高らかに言い放ったフェレプが、勝利を確信したのか群衆に視線を巡らせた。人々を味方につけようとし、咳払いする。

「この男の支離滅裂な妄言に騙されてはいけません。私は司祭です。皆様方を悪しきものから守ってみせます」

「流石は司祭様……！　私たちをお救いください！」

「……でも地下牢って何だ？　無実の娘って、クリスティナ様のことか……？」

どちらを信じるべきなのか、皆が迷っていた。そんな中、イシュトヴァーンが場違いな微笑を浮かべ、人々を睥睨《へいげい》する。

「——僕は『この教会に』地下牢があると言った覚えはない」

「……っ！」

フェレプは自らの失言に気がついたのだろう。それは、普通ならばあり得ない秘密だ。教会の地下が納骨堂になっていることはあっても、牢が設けられているなんて考えられない。知っているとすればそれは、実際に見たことがあるからに他ならなかった。

「司祭様……どういうことですか？　この教会には地下牢があるのですか？　しかもそこにクリスティナお嬢様を監禁していたのですか……？」

「じゃあ、魔女になって行方をくらませたっていうのも……」

「——司祭殿はたった今、教会は絶対だと認めたな？　ならば、忌まわしき存在が聖なる建物の中で生きられるはずはない。これはどう説明する？　——おいで、クリスティナ」

「イシュトヴァーン様……！」

こちらに伸ばされた彼の手。それだけしか、クリスティナの眼に入らなかった。

彼が呼んでくれるのなら、どこにでも駆けつける。たとえ火の中でも、自分は迷わないだろう。今度はテオドルも止めはしなかった。

「あれは……まさかクリスティナ様……？」

「教会の中から出てきたぞ」

「テオドル様もいるじゃないか！」

かつてイザベラたちが、教会で過ごすことこそクリスティナの潔白を証明すると嘯《うそぶ》いていたけれど、図らずもそれを立証したことになる。逆手に取ったイシュトヴァーンに、罪深い二人は顔色をなくしていた。

「もしも真実、彼女が魔女なら、教会にいられるはずがない。……ああ貴方たちはクリスティナを監禁などしていないのでしたね。では彼女は自分の意思で聖なる場所に出入りしていることになる。おかしいですね？　司祭殿の言葉を借りるなら、『魔女クリスティナにより父親も堕落した』とのことですが、前提条件が崩れてしまいました」

「ば、馬鹿な……っ、皆さん騙されてはいけません！　これは悪魔の常套句《じょうとう》……」

「私は魔女なんかじゃないわ！　ご自分たちの罪を隠すために、利用しないでください！」

クリスティナが叫んだのは約ひと月振り。声が絡んで上手く発声できない。けれど言い

たいことは全部吐き出そうと思った。

「もう言いなりになんてならない。弟も父も、私が守ります。本当に魔女がいると言うのなら、平気で人に濡れ衣を着せる貴方たちの方よ！」

眩暈がする。喉も痛い。たったこれだけを発するのに、要した力は多大なものだった。全力を使い果たした気分で、疲労感がのしかかる。心臓は呆れるほど速い律動を刻んでいた。

長い間に染みついた恐怖が、どうしても消えてくれない。イザベラがこちらを睨み据え、クリスティナは竦みあがった。無条件で硬直してしまう背中を、イシュトヴァーンの温もりが溶かしてくれる。

「頑張ったね、クリスティナ。後は僕に任せて」

「お姉様、僕もいます」

二人に励まされ、涙が滲んだ。一度こぼれてしまうと、もう止まらない。ずっと不安で堪らなかったものが溢れ出していた。

「ありがとう……」

イシュトヴァーンに肩を抱かれ、テオドルと手を繋ぐ。二つの体温がクリスティナを支えてくれた。だから今度は震えながらも継母としっかり眼を合わせられる。

「……お父様を裏切り、貴女がフェレプ司祭と通じているのを私は見ました。その口封じに、彼らは私を魔女として断罪しようとしたんです！」

　後半は集まった人々に向け叫んでいた。幾つもの驚愕の声が上がる。その中央で、イザベラたちはもはや取り繕うことなく憎悪の表情を浮かべ、こちらを凝視していた。

　彼女にしてみれば、クリスティナが逆らうなど、想像もしていなかったことなのだろう。数年をかけ、自我の乏しい『人形』に貶めたはずの娘が、突然『人間』に戻るとは考えもしなかったに違いない。

　広場に漂っていた空気が明らかに変わる。魔女の処刑を見物せんと集まっていた者たちも、様子がおかしいことを察したらしい。疑念の眼で、司祭を見始めていた。

「いったいどちらが正しいんだ……？」

「馬鹿馬鹿しい、司祭様が俺たちを騙すはずがないだろう」

「けどよく考えてみろよ、あんなに立派な領主様が、ほとんど取り調べもなしに処刑なんておかしいじゃないか！　今回だって、堤防の視察に自ら行ってくださったんだぞ？　戻っていらっしゃるなり告発されるなんて、まるで全部準備していたみたいじゃないか……？」

「た、確かに……ちょっと変だな。これまで領主様が奇妙な言動をしたこともないのに」

　困惑気味に視線を交わす人々の眼が、自然とイザベラたちに向けられた。そこには、先ほどまでの同情が薄れ、ありありと不信感が滲んでいる。囁き合う群衆の声が変わり始めていた。

「み、皆さん、惑わされないで。私はこれまで信心深く神と夫に尽くしてきました。それを町の方々はご存知でしょう？　子供たちは私にちっとも懐いてくれなくて、どんなに辛かったか……！　特に娘は、精神的な病を患《わずら》ってあんな嘘を言っているのです！」

イザベラが涙をこぼして哀れな継母の振りをした。

「ええ、勿論教会に監禁していたわけではありません。治療のため、匿っていたのですわ。どんなに罵られても縁あって親子になったのですもの、私はあの子を愛しています！」

彼女の迫真の演技に、人々がざわめく。クリスティナとイザベラの間で視線を往復させ、どちらが真実を語っているのか、判別できず動けないでいる。誰もがその場に立ち尽くしていた。

「……嘘吐き！　お姉様は病気なんかじゃない！　いつも僕らを鞭打って虐待していたくせに、お母様の振りなんてするな！」

「テオドル……！」

幼い弟が叫びながら袖を捲り、細い腕に残る痛々しいミミズ腫れを晒したことで、停滞していた空気が動いた。

はっきりと嫌悪に変わった眼差しが、イザベラとフェレプに注がれる。柵の内側と外側で空気が激変した。本当に断罪されるべきは誰なのか。もの問いたげな眼が中央に立つ二人に集中する。

「……セープ夫人、いや、イザベラ。貴女のことは調べさせてもらった。ここに嫁いでくる前は、随分奔放な人生を歩んできたそうだね。次々に愛人を替え、刃傷沙汰《にんじょうざた》も起こしているそうじゃないか。挙句の果てには、本妻から魔女として告発されたこともあると隣国の記録に残っている」

「え……？」

いつの間に、そんなことを調べていたのか。唖然としてクリスティナがイシュトヴァーンを見つめると、彼は大きく息を吸った。

「その際は裁判所の出廷要求に応じず、失踪したそうだね。逃げた先で、まんまとセープ家に潜り込んだのか。それなのに罪のない夫と娘を魔女扱いとは、聞いて呆れる」

「なんてこと……」

「他にも、詐欺《さぎ》や窃盗《せっとう》で何件も訴えられている。名前と素性を変え、別の国に逃げこめば安全だと思っていたのかな？　だが証拠は全て揃っている。今頃は、王太子のもとに報告書が届いているだろう」

次々に明らかにされる真実に、絶句することしかできなかった。本当に糾弾されるべきは誰なのか。まざまざと見せつけられて、クリスティナ以外の人々も完全に言葉をなくしていた。

良妻賢母を完璧に演じていた淑女の仮面にひびが入る。

広場の真ん中で震え出したイザベラは、突然天を仰いで哄笑《こうしょう》した。

「あはははっ！　あと少しで、全てが私の思い通りだったのに！」

それは、一瞬の出来事だった。

眼を血走らせた継母が、司祭の持つ松明を奪い取った。そして杭に戒められた父親の足下へ、勢いよく投げ込んだのだ。更に篝火の一つを蹴り倒し、轟音と共に火の粉が舞う。

「きゃあああっ」

悲鳴はあちこちから上がった。クリスティナも叫び、広場に向かって走った。

けれど大勢の人に阻まれて、辿り着けない。逃げ惑う群衆の中、揉みくちゃにされ、方向さえ見失ってしまった。

父は、子供たちにとって理想的な親とは決して言えなかったけれど、愛していないわけではない。むしろ、不器用な人なのだと哀れんでいる。生母亡き後、幸せになってほしいと願ったのも本心だった。

「お父様……！」

火の粉が闇夜に踊っている。夜空を照らし、不吉な光は皮肉なほど明るく美しかった。

「いやぁああっ！」

いくら手を伸ばしても、届かない。大勢の怒号と悲鳴で掻き消され、自分の声も響かない。誰かに激しくぶつかり、クリスティナは地面に倒れかけた。その時。

「……え？」

涙ではない滴に、頬を濡らされた。ぽつぽつと軽やかな音を立て、髪や睫毛にも何かが当たる。地面でも弾ける水滴。

雨だと気がついた頃には、大粒の滴が降り注いでいた。

「雨……？」

例年に比べると、雨期にはまだ早い。だが地面を叩くような降雨は、激しさを増してゆく。天を焦がす勢いで燃え盛っていた篝火は瞬く間に鎮火された。

煙が燻ぶり、嫌な臭いが立ち込める。混乱していた人々も急な豪雨に毒気を抜かれたのか、びしょ濡れのまま呆然と足を止めていた。

まるで奇跡だ。いつもなら長雨の時季など疎ましいだけだが、今は慈雨に感じられる。神様が救いの手を差し伸べてくれたのだと、クリスティナは思う。そうでなければ、この瞬間を狙ったように大雨が降るはずがない。

「助けて……くださったの……？」

いくら祈っても願っても、ずっと自分に試練しか与えてくれなかった存在が、初めて微笑みかけてくれた心地になった。

「……お父様！」

人ごみを縫い、広場の中心に向かう。先に辿り着いていたイシュトヴァーンや町の人々の助けにより、父は縛りつけられた杭から解放されていた。

「ああ、ティナ……！　無事で良かった。——安心して。薬か何かで意識はないけれど、大丈夫だ。火傷もほとんど負っていない」

父の身体を検分したイシュトヴァーンに告げられ、クリスティナの全身から力が抜けた。テオドルも、彼の隣にちゃんといる。何もなくしていない。大事なものは、全てここにある。

「良かった……」

ぬかるんだ地面に膝をついたことは、覚えている。

だがそこで、クリスティナの意識はぷつりと途絶えた。

眼を覚ました父親が最初にしたのは、我が子たちへの謝罪だった。

深く頭を下げ、こうして膝を突き合わせて話すのは、初めてかもしれない。テオドルは父親に固く抱きしめられ、その胸で泣きじゃくった。クリスティナはほんの少し躊躇ったが、父に頭を撫でられた瞬間、落涙していた。

「……すまない。お前たちの母親を思い出すことが辛くて、ずっとお前たちと向き合おうとしてこなかった……」

「お父様……」

　正直な告白に、クリスティナのわだかまりも解けていた。

　色々思うところはあるけれど、もういい。こうして無事に帰って来てくれただけで、許せると思えた。自分だって、父を支える余裕がなかったのだ。誰でも一人では生きられない。特に弱い者は、罠だと知っても寄りかかる存在を求めてしまう時がある。

　父は足に火傷を負ってはいたが、イシュトヴァーンの言う通り、数日で癒える程度のものだった。しばらく療養すれば、傷痕が残ることもないだろう。

　セープ家の屋敷は、久しぶりに穏やかな時間が流れていた。

　使用人は雇い直され、今はもう姉弟に辛く当たる者もいない。邸内は荒んだ空気が払拭されて、かつて生母が生きていた頃の明るさが戻り始めていた。

「これからは、家族で力を合わせて生きていこう。心配をかけてしまった領民たちに、報いるためにも……」

「ええ。屋敷内のことは、私が頑張ります」

「僕は一日でも早くお父様の助けになれるよう、一所懸命勉強します」

　クリスティナと父にかけられていた魔女の疑いは、完全に晴らされた。何もかも、幸せだった頃に戻りつつある。

家族がいて、イシュトヴァーンの訪れを心待ちにしていた昔のように。

父子は最近共にお茶の時間を設けることが習慣になっていた。怪我の療養で、父がしばらく領主の仕事を制限しているためだ。今日も庭園が臨めるテラスで、ゆったりとした時間を過ごしている。そこへ、イシュトヴァーンの到着を使用人から告げられた。

「――ティナ、半月振りだね。会いたくて、堪らなかったよ……！」

「おや、婿殿は娘のことしか眼に入らないらしい」

「僕たちもいるのに！」

イシュトヴァーンはテラスに入って来るなり、両手を広げた。

彼はあの夜の騒動以来、報告のため王都へ戻っており、今日は久々にクリスティナが待つ町へやって来てくれたのだ。

「イ、イシュトヴァーン様……」

会いに来てくれて、とても嬉しい。だが、背後にいる父とテオドルが気になって、クリスティナは素直に彼の胸に飛びこむことができなかった。

「ふふ……テオドル、私と一緒に来なさい。クリスティナの邪魔をしてはいけないよ」

「ええ？　でも僕もイシュトヴァーン様とお喋りしたいです」

「いいからおいで。――イシュトヴァーン様、どうぞごゆっくり」

口を尖らせたテオドルを連れ、父は室内に戻った。使用人たちも速やかにそれに続く。

気を遣われているのだと知り、恥ずかしい。クリスティナは顔が真っ赤になるのを抑えきれなかった。

「……いらっしゃいませ、イシュトヴァーン様」

「そこは、お帰りなさいと言ってほしいな。僕らは婚約したんだから」

額にキスを贈られ、擽ったい。甘やかな口づけは、瞼と鼻先、そして唇にも落ちてきた。

身分違いだと諦めていたクリスティナに、彼は正式に結婚を申しこんでくれた。それもきちんと手順を踏み、王太子の許可証を携えて、だ。ここまでされては、断れるはずもない。おそらくイシュトヴァーンは、クリスティナの臆病さをよく理解しているから、逃げ道を塞いでくれたのだと思う。

優しい強引さに、涙が溢れる。

教会の地下牢から連れ去ってくれたことも、感謝していた。あれくらいされなければ、きっとクリスティナは魔女として反論も許されないまま処刑され、父も殺されていたことだろう。残されたテオドルがどうなっていたか、恐ろしくて想像もしたくない。

「ティナ、色々手を尽くしたけれど、まだイザベラとフェレプは見つからないんだ……すまない。でも、君たち家族には二度と手出しをさせないから、安心してほしい」

申し訳なさそうに告げる彼に、クリスティナは首を左右に振った。

あれ以来、二人は完全に姿を消している。広場での騒ぎに乗じ、行方不明のままだ。生きているのか死んでいるのかさえ、判然としなかった。

しかしあんなことがあって、この町で生きていくことは到底できまい。彼女たちの顔を知らない者はいないし、流石に外聞が悪すぎる。おそらくとっくに、別の町か他国へ逃げ出していることだろう。

フェレプに至っては、教会から除名されたそうだ。つまりもう、司祭を名乗ることもできなくなった。

「ありがとうございます。全て、イシュトヴァーン様のおかげです」

「いや、君が毅然と戦ったから、最後は神が味方してくれたのかもしれないよ」

確かにあの雨は、大いなる何かが助けてくれたように感じられた。混乱の中で二人を取り逃がしてはしまったけれど、父を救えたので充分だと思う。

クリスティナはイシュトヴァーンに抱きつき、大きく息を吸った。

「幸せすぎて、少しだけ怖いです」

「まだこれから、もっと幸せになるのに？」

つむじに彼の吐息が降りかかり、こそばゆい。そんなむず痒ささえ愛おしかった。もしかしたら、会えなかった七年間は、こんな幸福感を得るためにあったのではないかと思えるほどだ。

「おばさまにお会いするのも、楽しみです。八年振りですもの」

「ああ。母も父も君に会うのを楽しみにしている。それから、王太子も」

大勢の人に祝福され、クリスティナはもうすぐ嫁ぐ。その日が待ちきれない。こんな日が来るなんて、かつては本当に想像もできなかった。息を殺して生きていた毎日のことは、遠い記憶になり始めている。

イシュトヴァーンの手が、クリスティナの背中を抱く。もうだいぶ薄くなった傷痕をなぞられて、小さな声が漏れてしまった。

「……ん」

「相変わらず敏感で、可愛らしいね」

「こ、ここは外ですよ……！」

しかも屋敷の中には父親と弟がいる。上気してクリスティナが抗議すれば、彼は意地悪く眼を見開いた。

「僕は婚約者に『ただいま』の挨拶をしただけだよ？」

「……！」

あんなに意味深な触れ方をしておいて、よく言う。狡いと文句を言いたいのに、羞恥のあまりクリスティナは上手く喋れなくなってしまった。

だいぶ回復してきているけれど、自分の思いを言葉にすることはまだ苦手だ。どうしても押し黙ってしまう。

しかしそんなクリスティナをよく理解してくれているイシュトヴァーンは、柔らかに微笑んで頭を撫でてくれた。

「ごめんよ、そんな顔しないで。あんまり君が可愛いから、少し虐めたくなってしまったんだ」

「虐めたいなんて、そんな……イシュトヴァーン様らしくありません」

いつも優しく気配りしてくれる彼には相応しくない。そう思い、クリスティナは上目遣いでイシュトヴァーンを見上げた。

「……そうかな？　僕らしくない？」

「え？　ええ。だって貴方はいつも、驚くほど親切で紳士的ですもの」

それに知識が豊富で頼りがいがある、理想の王子様だ。クリスティナにとっては、誰よりも素敵で愛する男性に間違いなかった。

「……そう。じゃあこれからも、ティナに嫌われないよう頑張らなくてはならないね」

「私がイシュトヴァーン様を嫌うなんて、あり得ません」

一方的に文通を断ち切られ、裏切られたと思っていた時でさえ嫌いになんてなれなかった。恋心は募るばかりで、忘れることもなかったのだ。だから、この気持ちは一生ものだと断言できる。

「嬉しいな。ねぇ、ティナ。愛しているって言ってくれないかい？」

「え、そ、そんな恥ずかしいです……」

改めて乞われると、非常に躊躇われる。クリスティナが眼を泳がせると、真正面から彼に顎を摘ままれていた。

「お願いだよ。まだ君の口から一度も聞かせてもらっていない。僕は、心の底からティナを愛している。君は？」

じっと注がれる、青い眼差し。

今日の天気と同じ澄み渡った色に囚われる。クラリとした眩暈を覚え、クリスティナはまだ、自分が大事な言葉を口にしていなかったことを知った。

「私……申し上げていませんでしたか？」

「ああ。いつか言ってくれるのかなと楽しみにしていたけれど、もう待ちきれない。だから、どうか今聞かせてくれないか」

切実な願いを、拒むことなんてできない。自分だって、本当は伝えたかった。何年間もずっと、心の奥に抱え続けていた想いだったから。

深く呼吸し、震える唇をゆっくり開く。喉に力を込め、クリスティナはイシュトヴァーンだけを視界に収めた。

「……愛しています。イシュトヴァーン様。この世の誰よりも、貴方を」

ひと月振りに声を出した時よりも、緊張した。声は掠れ、少しみっともなかったかもしれない。それでも、はっきりと告げられたと思う。

気持ちが溢れる。言葉にすれば、尚更想いは募った。幼い頃から抱いていた憧れは今、大輪の花になって咲き誇っている。愛情という、かけがえのない花として。

声に出して言った直後、安心感からかクリスティナの眦に涙が浮かんだ。彼は微笑みながら、唇で吸い取ってくれる。

「ティナは泣き虫だな」

「私は我慢強い方なので、滅多なことでは泣きません。イシュトヴァーン様に泣き顔を見られることが偶々《たまたま》多いだけだと思います」

「そうかな？　子供の頃から、しょっちゅう泣きべそをかいていたと思うけれど……」

「もう……っ！」

クリスティナは口では否定したが、彼の前だと感情が豊かになる自覚はある。『いい子』を取り繕う必要がないからかもしれない。どんな自分でも受け止めてくれる安心感に、甘えているのだと思う。

絶対的な信頼感が心地いい。今ならもしイシュトヴァーンから連絡が途絶えても、簡単に諦めたりしない。きっと自分で彼の真意を確かめに行くことくらいはするだろう。二度と離れ離れになりたくないから、全力で足搔く気がした。

「可愛い、ティナ。でも僕は、別の鳴き顔も見たいな……」

艶めいた誘惑に、下腹が疼いた。

たった一言でこうも簡単に自分を操れるイシュトヴァーンが憎らしい。それ以上に愛おしくて仕方なかった。

「ま、まだ昼間です……」

「じゃあ、夜ならいい？」

「お父様とテオドルが……っ」

「焦らすなんて酷いな。……だったらせめて二人で薔薇を見に行かないかい？　あっちに大輪の花が咲いていたんだ」

それは是非見てみたい。昔彼と一緒に花を見た思い出がよみがえり、クリスティナは大きく頷いた。

「ええ！　喜んで」

いそいそと立ちあがり、イシュトヴァーンに手を引かれて庭園の生垣の裏に回った。わざと迷路のように造られた一角は、幼い頃からお気に入りの場所だ。母が亡くなって以来、のんびり散策するのは久しぶりだな……と感慨に耽っていたクリスティナは、いきなり彼に抱きしめられ、眼を見開いた。

「イシュトヴァーン様……っ？」

「ここなら、誰の眼にも触れないよ」

「え?」

ニコリと微笑んだ彼の瞳に情欲の焔が揺らいでいる。騙された、と悟った時にはもう、柔らかな芝の上に押し倒されていた。

「だ、駄目ですっ……こんな場所で……!」

「やっとティナに会えたのに、我慢なんてできない。君が欲しくて、おかしくなりそうだ」

直接的な台詞に、クリスティナの頬が真っ赤になった。愛しい人に欲される喜びが胸を焦がす。額にキスをされると、胎内が甘く疼いていた。

「で、でも……」

「君に会うことだけを楽しみにして、一所懸命働いていたんだ。お願いだから、僕を癒やしてくれないか」

自分を乞う言葉に、酔いそうになる。幸福感に満たされて、クリスティナは思わず頷いていた。

いつもなら、こんな昼日中、屋外で淫らな行為に耽るなど考えられない。だが会いたくて堪らなかったのは、クリスティナも同じだった。イシュトヴァーンに飢え、再会を心待ちにしていたのだ。

たった数日。以前は八年間も耐え忍べたのに、今は一日たりとも離れたくない。いつからこんなに貪欲になってしまったのだろう。

「……す、少しだけ……なら……」

「善処する」

苦笑した彼が覆い被さり、クリスティナの胸を服の上から揉みしだいた。途端に全身へ甘い愉悦が広がってゆく。控えめに声を漏らせば、啄む口づけが落ちてきた。

「ティナ、声を聞かせて。僕の名前を呼んでくれないか」

「イ……イシュトヴァーン様……」

考えてみたら、クリスティナがまともに話せるようになってからこんなふうに触れ合うのは初めてだった。色々とあって、とてもそんな時間が取れなかったせいだ。まだ婚約中ということもあり、人目を気にしていたのもある。

だからなのか、ただ名を呼んだだけなのに、全身がカッと熱を孕んだ。

「もっと……」

恍惚の表情を浮かべた彼が艶めかしい手つきでクリスティナのスカートを捲る。屋外の風に太腿が擽られ、肌が粟立ってしまった。繊細な指先が、汗ばむ皮膚をなぞり、ゆっくり脚の付け根へ向かって線を描く。そのもったいぶった動きがもどかしくて気持ちいい。

クリスティナが涙目で声を押し殺すと、イシュトヴァーンが嫣然と微笑んだ。

「ティナ、ちゃんと教えて。どこをどうしてほしい？　君が悦ぶことだけをしたい」

「は、恥ずかしい……っ」

そんなこと言えない。意地悪な質問には、猛然と首を振ることで回答を拒んだ。

「聞きたい。お願い、聞かせてくれ」

けれど優しく問い質されて、クリスティナの頭はすっかり茹ってしまった。真剣な彼の瞳に酔わされて、冷静な判断力が崩れてしまう。クラリとした酩酊感に浸り、唇を戦慄かせた。

「……た、沢山……触れて、ほしい……っ」

こんなに淫らな欲求を吐露するなんて、正気の沙汰じゃない。だが、どうしても本能に抗えなかった。イシュトヴァーンが与えてくれる至福の時間を期待して、苦しいほど鼓動が暴れている。

鎮められるのは彼だけ。クリスティナの我儘や弱さを受け止め、慰めてくれるのもイシュトヴァーンだけなのだから。

「可愛い。ティナ……これからは沢山話し合おう。会えなかった年月を埋められるくらい、君と喋りたい。でも今は、ティナをもっと感じさせて」

「……っあ」

下着の上から秘裂を撫でられ、膝が震えた。むず痒い疼きがじりじりと大きくなる。思わず揺らしてしまった腰を持ち上げられ、下肢を守ってくれていた下着はクリスティナの両脚から抜き取られた。

　蒼天の下、緑の匂いに包まれながら秘め事に耽っている背徳感で心臓が疾走する。こんな場面を誰かに見られれば恥ずかしくて生きていけないと思うのに、やめてほしくなかった。喘ぐように息を継ぎ、自らも手を伸ばす。

　抱きしめてほしいという願いは、すぐに叶えられた。

「……ティナ、ちゃんと言葉にしてくれ。僕は君の願いなら何でも叶えてあげたいけれど、言わずに要求するなんて狡いよ」

　耳朶に直接彼の唇が押しつけられ、囁かれる。「――僕は君の下僕なんだから、命令してくれないと」。熱のこもった淫靡な台詞に、のぼせそうになった。

「下僕、なんて……そんなっ……」

「僕はティナに傅《かしず》く哀れな罪人だよ」

「ば、馬鹿なことを言わないでください……っ」

　吐息が産毛を擽ってこそばゆい。首を竦めれば、無防備になった蜜口を指でくるりと縁どられた。

「……ぁっ」

「……もう蜜が溢れている……ティナも僕を待ち望んでくれていた？」

「や、あ……」

くちくちと卑猥な水音が奏でられ、ごく浅い部分を掻き回された。熟れた粘膜がヒクヒクと戦慄く。もっと奥まで来てほしいと浅ましく乞い、一層愛蜜が溢れ出した。

「言って、ティナ。どうしてほしい……？」

「ぁ、あ……ゃあ……っ、無理、です……っ」

気持ちがいいけれど、足りない。もっと圧倒的な質量で、空ろを埋めてほしい。クリスティナの腹の奥が、充足感を求めて収縮した。しかし僅かに残る理性が、歯止めをかける。羞恥に塗れ、唇を引き結んでしまった。

「どうしても聞きたいんだ。ティナが僕を欲しがってくれる言葉を……」

切ない眼差しを注がれて、指先まで甘い痛みに支配された。

こんなにも自分を欲しがってくれる男が愛する人なのだと思うと、極上の愉悦に襲われる。いつもクリスティナの望みを酌んでくれるイシュトヴァーンの希望を、こちらも叶えてあげたくなっていた。だから、勇気を掻き集めて潤む双眸を瞬く。

「……イシュトヴァーン様が……ほしい、です……っ」

「ティナ……ッ」

「あ、ぁあっ……」

言い終わると同時に、彼の楔に貫かれていた。濡れそぼった隘路は、難なくイシュトヴァーンの屹立を呑みこんでいる。クリスティナの内側は既に彼の形に馴染み、大喜びで迎え入れていた。

　お互い服は着たままで、いくら生垣に囲まれた死角になる位置でも、開放的な場所であることに変わりはない。けれどもう、止まれない。

　クリスティナの身体の下で芝が潰れたのか、草の香りが強くなる。小鳥の鳴き声を聞きながら、二人揃って同じ律動を刻んだ。

「……ぁ、あ……ッ、イシュトヴァーン様……っ」

「ああ、ティナ。可愛い……君が好きすぎて、おかしくなる……っ」

「ひ、ぅ……っぁ、あ」

　深く突き入れられたまま腰を回されて、眼前に光が散った。靴の中で爪先が丸まり、幾度も痙攣する。宙を掻くクリスティナの脚は彼に抱え直され、更に強く穿たれた。

「あっ……駄目っ……深い……っ」

　最奥を押し上げられて、四肢が引き絞られる。絶頂へ飛ぶ予感に涙が溢れた。

「……っは……食い千切られそうだ……っ」

「ん、ぁああっ……」

　硬い切っ先で何度も濡れ襞を擦られて、わけが分からなくなる。激しくなる淫音と快楽に、何もかもが塗り潰されていった。クリスティナはイシュトヴァーンのこと以外考えられなくなり、無心で彼に抱きつく。服越しでも分かる逞しい体軀に包みこまれ、淫悦を分かち合った。

「はぁっ……ぁ、ああ、ァっ」

「愛している、ティナ……っ」

体内の剛直が、一層硬度と質量を増す。限界まで押し広げられた蜜路が、一欠片の快感も逃すまいと騒《ざわ》めいた。

夢中で粘膜を擦りつけ合い、共に快楽の階《きざはし》をのぼる。下生えが絡み合い、泡立った体液がとめどなく溢れた。きっとクリスティナの髪は乱れ、酷いことになっているだろう。けれど今の二人にとってそんなことは些末なことだった。

愛し合う喜び以外、何もない。貪欲に相手だけを求め、引き寄せ合う。吐息を奪い合って、淫らな口づけを飽きるほど交わした。

「……ぁっ……ぁ、……私も、イシュトヴァーン様を愛しています……ッ」

ひときわ強く穿たれて、喜悦が弾けた。喉を晒して達したクリスティナの内側で、彼の楔がビクビクと跳ねる。直後、温かい飛沫に体内を濡らされた。

「ああっ……」

「……っく……」

濃厚なキスに唇を塞がれ、はち切れんばかりの幸福感で満たされる。息を乱した彼の身体がのしかかってきたけれど、体重をかけないよう気遣ってくれているのがよく分かった。

そんなさりげない気遣いが、心底嬉しい。

クリスティナは力の入らない両手を叱咤して、イシュトヴァーンの背中を抱いた。

「……大好き、です……イシュトヴァーン様……」

「ありがとう。でもきっと僕の方が君に夢中だ。ああ叶うなら、今日にでも結婚したいよ……これ以上一日だってティナと離れていたくない……」

長年焦がれ続けた人の腕の中、クリスティナは頬を染めて頷いた。

エピローグ

そこは、薄暗い階段をうんざりするほど下った先にある。

ファルカシュ伯爵邸の地下。一時期クリスティナが囚われていた部屋の、更に下に位置していた。

部屋と呼ぶにはあまりにも粗末な空間は、天然の洞窟を利用して作られたものだ。剝き出しの岩肌からは絶えず水滴が滴り、夏でも気温が低かった。

ぬるつき、お世辞にも清潔とは言えない地面を、気味の悪い虫が這い回り、鼠の糞《ふん》がそこかしこに溜まっている。衛生面は最悪だろう。誰も好き好んで出入りはしない。

イシュトヴァーンも父親から存在を伝えられてはいたが、まさか自分が使う日が来るとは夢にも思っていなかった。

「――やぁ。気分はどうだい？」

光源は、自身が掲げたランプだけ。暗闇に慣れた者たちにはそれでも眩しすぎたのか、小さな悲鳴が上がった。

「ああ、すまない。少し光量を落とそうか」

「こ、ここから出してくれっ」

ランプの調整をしようとした刹那、ガシャンッと柵が揺らされた。丈夫な金属で作られたそれは、人力で壊れることなどない。けれど中にいる男は隙間から手を伸ばし、激しく檻を揺さぶった。

「わ、私は司祭だぞ！　神の使徒にこんな狼藉を働いて、地獄に堕ちるに決まっている！」

「残念ながら、教会はお前を見限った。……ああ、神も同じじゃないかな？　あの夜降った雨は、どう考えても君たちのためにはならなかったと思うから」

空気が張り詰めたこの場に不釣り合いなほどイシュトヴァーンが柔らかに告げれば、牢の中の男が自らの手で顔を覆って絶叫した。

毎度、自分がここに来る度にこのやりとりが繰り返されるのだから、よくも飽きないものだと呆れる。ひょっとしたら男は正気を失っているのかもしれない。それならそれで、イシュトヴァーンはどうでも良かった。

「とりあえず、まだ死なれては困るんだ」

柵の隙間からパンを投げ入れれば、薄汚れた男が飛びつき、貪り食う。その様子には、美丈夫と謳われた面影はどこにもない。髪も髭《ひげ》も伸び放題で、人間と言うよりも、どちらかと言えば獣に近かった。

「……お前は悪魔よ」

背後の檻からは、か細いながら憎悪のこもった女の声が聞こえた。どうやらこちらはまだ、正気を保っているらしい。イシュトヴァーンはほくそ笑み、振り返った。

「魔女に言われるとは思わなかったな」

「私は魔女じゃないわ！」

以前、クリスティナが叫んだこととまったく同じ。しかしイシュトヴァーンの心は微塵も動かなかった。

ランプで牢内を照らせば、粗末な毛布に包まった女が蹲っている。双眸だけが爛々《らんらん》と輝き、肉感的だった肢体は随分痩せ衰《おとろ》えていた。

「私刑は禁じられていると、お前が言ったんじゃない！　私たちが罪を犯したと言うのなら、正当に裁きなさいよ！」

こんな状況に陥っても、随分肝が据わった強かな女だと思う。精神的にも逞しい。ちょっとやそっとでは壊れそうもない。

――そうでなくては、つまらない。

弧を描いたイシュトヴァーンの唇は、歪んだ形をしていた。とてもクリスティナには見せられない。見せるつもりもない裏の顔。

親切で紳士的だと言ってくれた愛する人を、怯えさせたくはないからだ。

「……そうだな。別件でなら、僕はいくらでも公平性を重視すると思う。でも、彼女に害を及ぼす虫を、優しく駆除してやるつもりはないよ」

美しい花は、手塩にかけ世話を焼かないとすぐに虫がたかってしまう。放っておけば食い荒らされ、根から枯らされてしまうのだ。

今回は、この世に二つとない大事な花を、危うく蝕まれるところだった。これからはもっと慎重に手入れをし、気にかけなければ。

「虫ですって……？　この私に、なんて無礼な……っ！」

「お前はまだ、自分の置かれた立場が理解できないのか？　もう領主の妻でもないくせに、勘違いしない方がいい」

それどころか、表向き『存在しないはずの人間』だ。クリスティナには告げていないけれど、行方不明扱いになった二人は、既に死んだものとして処理されていた。

「ふざけないで！　こんな勝手な真似がまかり通るはずがないわ！」

女は自分たちがしてきたことを棚に上げ、すっかり被害者でいるつもりらしい。キィキィと喚きながら、正式な裁判にかけろと宣った。身の程知らずとは、まさにこのこと。

イシュトヴァーンは堪えきれずに、嘲りを滲ませた。

クリスティナの父親を助け出した後、本当は日を置かずにイザベラたちは捕縛されていた。隣町に潜伏していたところを密告され、捕らえられたのだ。

すぐに王都へ連行され、イシュトヴァーンがしたのは王太子への報告だった。

正確には、王太子に『だけ』報告した。その理由に、敏い彼は深々と嘆息し眼を眇めた。

『止めても無駄だろうから、好きなようにしろ。ただし業務に支障はきたすなよ』

こうして刺された釘は右から左に聞き流し、イシュトヴァーンはまんまと誰にも憚《はばか》ることなく二人の命を握る権利を得たのだ。

「……お前たちは、クリスティナを拷問にかけるつもりだっただろう？　楽しそうに計画していたじゃないか。あれを聞いた瞬間から、どうやっていたぶってやろうかずっと考えていたんだ」

許すつもりなどはじめからない。仮にクリスティナが『もういい』と言ったとしても、許すことなどあり得ない。宝物に傷を負わせた害虫は、この手で駆除する。植物を慈しむイシュトヴァーンは、そうやって害虫を排除し、幾つもの花を守り、咲かせてきたのだ。

今回は、それが物言わぬ植物ではなく、クリスティナという愛する人だっただけの話。

「あ、あんなの……ただの冗談よ」

「そうなのか？　だが今更どうでもいい。クリスティナを傷つけたことに変わりはないからな。お前たちの命で、償いきれると思うなよ」

離れざるを得なかった七年間、守れなかった苛立ちも込め、イシュトヴァーンは吐き捨てた。

感情の窺えない平板な声だからこそ、余計に底知れなさが感じられる。穏やかな風貌をしたまま眼の前の害虫を叩き潰す方法を考えている自分は、女の言う通り本当に悪魔に等しいのかもしれなかった。

だがそれさえ、イシュトヴァーンには興味のないことだ。

大事なのはクリスティナだけ。

己の中にこんなにも残忍な性質が隠れているとは知らなかった。彼女だけが、イシュトヴァーンの心を揺らす。紳士の仮面を被る自分の本性を、いともたやすく剝き出しにさせるのだ。

この二人がクリスティナを残忍な方法で貶めようとしていると知った時、自分の中で何かが生まれた。いや、本当は眠っていただけで最初から持ち合わせていた性質なのかもしれない。

冷徹で、手段を選ばない、傲慢な男。欲しいもののためならこの手を汚すことも厭わない。他の誰を傷つけても、罪悪感一つ抱かない冷たい人間――それがイシュトヴァーンだった。

クリスティナを傷つける存在は、この世にいらない。

父親だって、改心したから生かしてやることにしただけだ。もしも今後も彼女を蔑ろにするなら、自分は平気で排除しただろう。

クリスティナが望むから、家族を守ることに決めた。そうでなければ、セープ家から奪い取って閉じ込め、永遠に己だけのものにしたくて堪らないのだ。その欲は今でも完全には消えていない。だから憎い敵をいたぶることで、どうにかバランスを取ることにした。

勿論、『真実』は永遠に隠し続ける。クリスティナが隣で笑っていてくれるなら、いくらでも優しい男でい続けられる。どんな努力も苦労も、苦ではなかった。

「……面白いものを手に入れたんだよ、フェレプ。君のご先祖であるニコラ・ローランドが愛用した道具だ。精々楽しんでくれ」

イシュトヴァーンが本気になれば、忌まわしい拷問器具を手に入れるなど造作もない。

地下牢に運び込まれた器具がよく見えるよう、ランプを掲げる。すると、向かい合うように作られた双方の牢獄から、悲鳴が上がった。

「気に入ってもらえたようで、安心したよ」

一刻も早く愛しい妻のもとに帰るため、イシュトヴァーンは極上の笑みを浮かべた。

あとがき

初めましての方も、そうでない方もこんにちは。山野辺《やまのべ》りりです。

今回のお話は、『魔女狩り』を根底に据えたストーリーです。一度、書いてみたかったんですよ……魔女狩り。

とはいえ、私の趣味全開で突っ走ってしまうと確実に恋愛小説ではなくなってしまうので、そこは理性を総動員させました。

誰もリアルな魔女裁判描写を望んで、この本を手にとってはいないはず。大丈夫。それくらいの判断力は、持っています。

というわけで、時代背景はざっくり魔女狩り後期だとお考え下さいませ。歴史に詳しい方は、色々目を瞑っていただけると嬉しいです。

とある地方領主の娘であるヒロインと、幼馴染の伯爵家令息との幼馴染ラブです。

事情があって七年間の音信不通の後、地下牢にて再会したことから始まります。

先に本文をお読みになった方は『あ〜こいつ、また変な制約を自分で設けたな……』とお思いかもしれません。

ええ。お察しの通り、やってしまいました。

主人公がこんなにも喋らない（機能的理由で口がきけないわけではない）小説、正気の沙汰《さた》とは思えません。しかも恋愛ものなのに、意思疎通が禁じられているとか、どんな拷問ですか。設定を考えたのは私ですけど。

もう本当、縛りをきつめにして書く癖、改めた方がいい。でも楽しかった。

この危機的状態からどう展開していくかなと考えるのが、とてつもなく楽しい。ちょっと病気かもしれない……

まぁそれでも何とか初稿を書き上げて担当さんに送ったわけです。

自分的にはピュアで献身的なラブストーリーに仕上がったと思いながら。

そうしたら改稿の際、衝撃的なことを言われました。

要約すると、『主人公がもっと大変な目に遭ってもいいかと思ったのですが、それだと流石に可哀想ですね。家では虐げられ、脱出したらサイコパスに監禁されるなんて』と。

……サイコパス？

そんなの、私の認識では登場していない。あくまでも幼馴染同士が色々あって長年断絶していたけれど再会し、哀れなヒロインにヒーローが手を差し伸べる話だったはず……

納得できない私は、自分の初稿を読み直しました。

――いたわ。サイコパス。

ビックリしましたよね……どうしてこうなった？　ええ？　好青年のつもりでいたのに。

うん。でもギリギリ大丈夫。たぶん私の気のせい。これは純愛。そう信じている。

という過程を経て、皆様の手元にお届けできたわけですが、途中、帯にあるキャッチの文面なども担当さんと相談するわけです。

そこで飛び出したパワーワードを是非聞いていただきたい。

『ヒーローはヒロインを誠実に手籠めにしている』

どういうことですか。怖い。もう頭から離れない。

誠実と手籠めというかけ離れたワードが共存する世界。控えめに言っても狂気です。

しかも、今回あとがきが５ページという恐怖。

流石にこのままでは埋めきれない。というわけで、ちょっと主人公たちの子供時代ＳＳなどを唐突に挟もうかと。


「いちゅとばーん……しゃま」

「イシュトヴァーンだよ、クリスティナ」

舌足らずに名前を呼ぶ幼女を、イシュトヴァーンは擽ったい気持ちで見つめた。まだ二歳のその子は、すべすべの頬を愛らしく染めている。大きな眼を瞬かせ、コテリと首を傾げた。

「いちゅとばーんしゃま」

先ほどと変わっていない発音なのに、本人的にはきちんと言えたつもりらしい。

満足げに微笑み、褒めてくれと言わんばかりに期待の籠った眼差しを向けてきた。

可愛い。妹がいたら、こんな感じだろうか。

プクプクとした手足や、体温の高い身体。繊細な髪の毛と甘い香り。

全てがイシュトヴァーンの庇護欲を誘った。

「ごめんなさいね、イシュトヴァーン。クリスティナと遊んでくれてありがとう。その子ったらお兄様ができたみたいで嬉しくて仕方ないのよ」

「いいえ。僕も妹ができたみたいで、楽しいです」

クリスティナの母親に謝られ、イシュトヴァーンは慌てて頭を左右に振った。

「そうよ、気にしないで。ああ、私も女の子が欲しかったわ」

イシュトヴァーンの母は娘を持つことが羨ましいとこぼし、お茶を口に運ぶ。

母親同士が懇意にしているため、この田舎町には何度も足を運んでいた。クリスティナと会うのは、これが初めて。

彼女が生まれた年は、クリスティナの母親の体調を慮って来訪を遠慮したからだ。

小さな手を懸命に伸ばし、クリスティナがイシュトヴァーンに触ろうとする。つい悪戯心を起こしてその手を避けると、彼女は丸い頬を更に膨らませた。

「いちゅとばーんしゃま！」

どうやら怒ったようだ。そんな様子も愛らしく、少年の胸はドキドキと高鳴った。

「ごめんね、クリスティナ」

お詫びに両手を広げれば、幼女はたちまち笑顔に変わりイシュトヴァーンの胸に飛びこんでくる。

まだどんな花を咲かせるか分からない、可憐な蕾。けれどきっと、眼を見張るほど美しい大輪の花を咲かせるだろう。

「可愛いクリスティナ。害虫にたかられないよう、僕が守ってあげる」

イシュトヴァーンが囁くと、クリスティナが力強く抱きついてきた。


イラストを描いてくださった幸村佳苗《ゆきむらかなえ》様、表紙の美しさに身悶えしました。額に入れて、飾っておきたい。ありがとうございます。不穏な鎖さえも美しい……ずっと見ていられる。

いつも的確な指示をくださる担当様、感謝しております。私一人では、あっという間に迷子です。この本の完成に携わってくださった全ての方々にも最大限の感謝を。

そして手にとってくださった方、本当にありがとうございます。

またどこかでお会いできることを祈って！

この本を読んでのご意見・ご感想をお待ちしております。

◆ あて先 ◆

〒101-0051
東京都千代田区神田神保町2-4-7 久月神田ビル
㈱イースト・プレス　ソーニャ文庫編集部
山野辺りり先生／幸村佳苗先生

魔女《まじょ》は紳士《しんし》の腕《うで》の中《なか》

2019年7月8日　第1刷発行

著　　者　山野辺《やまのべ》りり
イラスト　幸村佳苗《ゆきむらかなえ》
装　　丁　imagejack.inc
D T P　松井和彌
編集・発行人　安本千恵子
発 行 所　株式会社イースト・プレス
〒101－0051
東京都千代田区神田神保町2－4－7 久月神田ビル
TEL 03－5213－4700　FAX 03－5213－4701
印 刷 所　中央精版印刷株式会社

ISBN 978-4-7816-9652-2
定価はカバーに表示してあります。

Sonya ソーニャ文庫の本

穢して、ただの女にしてあげる。

閉ざされた島の教会で、聖女として決められた役割をこなすだけだったルーチェの日常は、年下の若き伯爵フォリーに抱かれた夜から一変する。十三年振りに再会した彼に無理やり純潔を奪われ、聖女の資格を失ったルーチェ。狂おしく求められ、心は乱されていくが——。

『咎の楽園』　山野辺りり

イラスト　ウエハラ蜂

Sonya ソーニャ文庫の本

『水底の花嫁』　山野辺りり
イラスト DUO BRAND.

Sonya ソーニャ文庫の本

『愛を乞う異形』　山野辺りり

イラスト Ciel